A. BOGOTT-VILIMOVSKY

Der Weihnachtsvampir

Band 2: Alicia

AF188954

Bisher von A. Bogott-Vilimovsky erschienen:

Der Weihnachtsvampir ISBN 978-3-8334-6861-2

Weitere Romane sind in Vorbereitung.

A. Bogott-Vilimovsky

Der Weihnachtsvampir

Band 2: Alicia

Mein Name ist Alicia und ich *dachte*, ich wäre ein Vampir.
Tatsächlich bin ich etwas völlig anderes geworden ...
Aber ich greife schon wieder vor ...

Roman

Bibliografische Information der Deutschen Nationalbibliothek:
Die Deutsche Nationalbibliothek verzeichnet diese Publikation
in der Deutschen Nationalbibliografie; detaillierte bibliografische
Daten sind im Internet über http://dnb.d-nb.de abrufbar.

© 2018 A. Bogott-Vilimovsky
Umschlagdesign, Herstellung und Verlag:
BoD – Books on Demand, Norderstedt

ISBN 978-3-7481-0036-2

Prolog

„Sean!", schrie Noél und sein Ruf hallte von den Gebäuden wieder. Er beugte sich über den Körper, der leblos auf der Straße lag.

„Sean! Verdammt! Was hast du bloß getan?"

„Sie aufgemischt!", kam es leise und keuchend.

„Aha! Und wieso zum Teufel liegst du dann hier? Erklär mir das mal!" Noél war außer sich. Alicia würde ihn verlassen! Wie hatte er nur so unvorsichtig sein können? Sean keuchte wieder und versuchte die Hand zu heben, doch er war bereits zu schwach. Noél konnte den nahenden Tod riechen.

„Noél", flüsterte Sean und war fast nicht mehr zu hören.

„Ja?" Noél beugte sich nah über den Bruder seiner Freundin.

„Ich will nicht sterben, nicht jetzt!"

„Sean ... das ... du bist schon zu schwach. Nicht einmal ich kann so schnell fliegen, dass wir dich rechtzeitig zu meinem Haus schaffen."

„Dann tu es jetzt." Noél fuhr zurück, als hätte ihn ein Strahl Sonnenlicht berührt.

„Nein!", hauchte er.

„Noél! Bitte! Es wäre ohnehin irgendwann passiert." Sean drehte mühsam den Kopf und blickte den Vampir an.

„Verlang das nicht von mir! Alicia würde mich hassen!", bat Noél verzweifelt. Alicia würde ihn ohnedies hassen. Er hatte immerhin zugelassen, dass man ihren geliebten Bruder umbrachte. So oder so lief es darauf hinaus. Sean würde die Nacht nicht überleben.

„Noél, ich habe nicht mehr viel Zeit! Ich hab endlich die Liebe gefunden. Soll ich das jetzt alles aufgeben?"

Noél beugte sich wieder über Sean.

„Bist du bereit, für diese Liebe in die Ewigkeit zu gehen?", fragte er bitter. „Bist du bereit, sie alt werden und sterben zu sehen?"

„Wie ist das mit dir?", flüsterte Sean und hustete wieder schwach. Wenn Sterbende in Filmen husteten, dann hatte er sich immer darüber aufgeregt. Seiner Meinung nach, war das unrealistisch, aber jetzt sah er die Sache doch etwas anders.

„Ich lebe bereits damit, Sean und wenn Alicia stirbt, werde ich sie begleiten. Ich will nicht noch einmal eine Familie aufgeben müssen. Die Ewigkeit ist nicht so schön, wie ihr jungen Menschen euch das vorstellt. Sie ist kalt und grausam und wenn du dir keine Beschäftigung findest, dann wirst du wahnsinnig!"

„Dann sag ihnen, dass ich sie liebe, Noél. Und erklär ihnen, wie ich gestorben bin und warum."

„Du bist grausam, Sean!"

„Ich bin Realist, wer sollte es ihnen denn sonst sagen?" Sean schloss die Augen, als seine Atmung langsam flacher wurde. Noél rang mit sich selbst. Er konnte Sean zu sich nach Hause bringen, aber bis sie dort ankamen, war dieser sicher schon tot. Während er so in der regennassen Gasse hockte und auf das langsamer werdende Schlagen des Herzens horchte, fällte er eine Entscheidung.

I

Wien, März 2010

Drei Jahre waren seit jenen schrecklichen Ereignissen
vergangen, die aus meinem Bruder Sean einen Vampir
gemacht hatten. Wir wohnten jetzt alle in Wien. Noél
hatte eine Professur an der altehrwürdigen Universität
angetreten und unterrichtete im Prinzip das Gleiche
wie in San Francisco: Er hielt Vorlesungen über Archi-
tektur-, Kunst-, und Zeitgeschichte und Medien und es
passte wesentlich besser zu dieser Stadt. In Wien
wurde Geschichte lebendig.

Natürlich war Noél in seinem langen Leben schon
einmal hier gewesen. Und natürlich gab es auch hier
Vampire. Es hatte eine Weile gedauert, bis sie Noél
akzeptiert hatten. Sean, der Noéls Schützling war, hatte
es da schon erheblich leichter.

Sean ...

Es war schwer für mich gewesen, die Verwandlung
zu akzeptieren, noch schwerer war es jedoch für Zefira. Sie hatte erst kurz davor ihre Eltern bei einem
Autounfall verloren. Sean jetzt auch noch zu verlieren,
das war fast zu viel für sie. Doch wir ließen sie nicht
allein und halfen ihr und Sean durch diese schwere
Zeit. Noél und ich hatten damals versucht, meinen
Eltern zu erklären, was los war. So sehr aufgeschlossen
die Beiden auch waren, das war selbst für sie zu viel.
Kaum, dass ich achtzehn wurde, zogen sie nach Seattle

um. Sie sagten zwar, es wäre, weil mein Vater dort ein besseres Angebot bekam, doch wir wussten, dass es wegen uns war. Wir hatten seither nur noch telefoniert und das auch nicht wirklich oft. Noél scharte die Vampire in San Francisco um sich, um dem General endlich den Garaus zu machen. Danach verkaufte er seinen Besitz und wir vier fuhren mit einem Kreuzfahrtschiff nach Hamburg und mit dem Zug nach Wien.

Und nun ging unsere Geschichte hier weiter. Mein einundzwanzigster Geburtstag lag hinter mir! Noél hatte sich natürlich etwas ganz Besonderes einfallen lassen. Romantische Seele, die er war, entführte er mich um Mitternacht in den Volksgarten und veranstaltete dort nahe dem Theseustempel ein kleines Picknick.

Jetzt waren wir wieder hier, in unserer Wohnung und ich konnte nicht schlafen. Ich dachte über unsere Vergangenheit und die Zukunft nach, während ich in dem großen Bett saß. Mein Tagebuch lag auf meinem Schoß und ich betrachtete die Muster an der Decke des Himmelbettes ...

Eines der Muster schien sich zu bewegen und Alicia stockte mitten im Satz. Noél schlief tief und fest und sie wollte ihn nicht wecken, aber irgendwie stieg dann doch leichte Angst in ihr hoch. Im zunehmenden Dämmerlicht, das den neuen Tag ankündigte, konzentrierte sie sich auf den Punkt. Ja! Das Muster bewegte sich ganz eindeutig! Es zitterte leicht und dann begann es langsam über die anderen Muster zu kriechen.

„Noél?", flüsterte Alicia, der Panik nahe. Aus dem Schlaf geweckt fuhr er herum und dann geschah alles gleichzeitig. Das Muster erschrak durch die rasche Bewegung und fiel vom Betthimmel, direkt auf Alicia zu. Sie schrie gellend auf und sprang aus dem Bett. Sie wollte springen, aber ihr Fuß verhedderte sich in der Decke und sie knallte hart auf dem Boden auf. Ein schrilles Kreischen und keckerndes Bellen begleiteten ihren Sturz. Dazwischen hörte sie Noél fluchen und etwas in einer Sprache sagen, die sie nicht kannte. Es klang allerdings wie ein Befehl.

„Alicia? Bist du verletzt?", fragte er und kniete sich zu ihr.

„Ich glaube nicht, was war denn das?" Ihre Augen irrten im dämmrigen Zimmer herum und versuchten dieses seltsame Ding auszumachen.

„Er tut dir nichts", sagte Noél, befreite Alicia von ihrer Fessel und hob sie zurück ins Bett.

„*Er?*", fragte sie entnervt und fühlte, wie ihr Freund sich an ihrem Knöchel zu schaffen machte.

„Ja, er!" Noél seufzte. „Ist noch mal gut gegangen."

„Noél! Was war das?"

„Mein Haustier."

„Dein ... Was? Vampire haben doch keine Haustiere!"

„Dieser hier hat eines", sagte er lachend und zündete eine Kerze an. Er pfiff leise und Alicia hörte ein Rascheln, dann kroch ein pelziges Etwas ins Licht. Die kleine Nase schnüffelte in ihre Richtung und die Ohren zuckten ständig. Es war ein Flughund, der da ziemlich unbeholfen in den Kerzenschein stakste.

„Darf ich vorstellen, das ist Fago, mein ... *unser* Flughund", verbesserte sich Noél grinsend.

„Ein Flughund?" Alicia blickte in die bronzefarbenen Augen. „Wann hattest du vor, mir dieses Tier vorzustellen?", fauchte sie.

„Öhm ... Na ja, ehrlich gesagt wusste ich nicht wie ...", meinte Noél verlegen.

„Hmpf!"

„Das ist übrigens ein Notopteris macdonaldi", erklärte er ihr, um seine Verlegenheit zu überbrücken.

„Macdonaldi?", fragte sie kichernd, der Name war auch wirklich zu komisch.

„Ja", sagte Noél grinsend und streichelte sein Haustier zärtlich.

„Was genau heißt das?", wollte sie wissen, die Neugier hatte ihren Ärger längst vertrieben.

„Fago ist ein Langschwanz-Flughund von Vanuatu. Aber er ist sehr groß geraten. Normalerweise sind diese Tiere nur zehn Zentimeter lang. Er ist einem Studenten von mir zugeflogen und der hat mich gefragt, ob ich ihn übernehmen könnte, bis er einen geeigneten Platz gefunden hat."

„Und wie kam dein Student ausgerechnet auf die Idee, dass Du dich mit so was auskennst?" Alicia streckte die Hand nach dem putzigen Kerlchen aus. Die kleine Nase schnüffelte vorsichtig an ihren Fingern herum.

12

Noél zuckte mit den Schultern. „Wir kamen mal darauf zu sprechen, dass man diese Tiere schon im Mittelalter gerne als Haustiere gehalten hat. Irgendwie dachte er wohl, ich wüsste das aus Erfahrung."

II

Wien, März 2010

Das Geräusch eines vorbeifahrenden Fiakers holte
Noél zurück in die Gegenwart. Er lächelte schwach im
Schatten des Torbogens: Manche Dinge änderten sich
nie. Während er noch versuchte, sich ganz von seinen
Erinnerungen zu lösen, kroch Alicias Gegenwart lang-
sam in sein Bewusstsein. Noél trat unvermittelt aus den
Schatten auf den dicht belebten Graben hinaus.

Anna, Alicias Studienkollegin schrie auf, als er so
plötzlich vor den beiden auftauchte und Alica sah ihn
mit einem bösen Blick und einem Kopfschütteln an. Er
lachte leise, küsste sie und legte ihr dann den Arm um
die Schulter.

„Mann, Noél! Mach das nicht noch mal! Ich dachte
schon, mein Herz setzt aus!", rief Anna spielerisch
genervt.

„Ach, so ein bisschen Adrenalin kann doch nicht
schaden", gab Noél zurück und zwinkerte ihr zu. Alicia hieb ihm ihren Ellenbogen in die Seite, was nichts
daran änderte, dass er immer noch lachte.

„Was denn?", fragte er und sie blickte in seine
bronzefarbenen Augen.

„Du sollst doch meine Freunde nicht immer so
erschrecken!"

Anna blickte demonstrativ auf die Uhr. „Ups,
schon so spät!" Sie lächelte. „Sorry, Leute, aber ich

hab noch ne Verabredung!" Das war eine glatte Lüge. So wie Alicias andere Studienkollegen, hatte auch Anna immer noch ein Problem damit, dass Alicias Freund ein Professor an der Uni war, wo sie studierten.

„Ist okay, viel Spaß!", sagte Alicia zu ihr und umarmte sie kurz, dann verschwand Anna mit einem leichten Nicken an Noél in einer Seitengasse.

„Sie mag mich nicht", maulte Noél.

„Kannst du ihr das verübeln?"

„Aber du hast doch gewusst, dass ich da bin?" Er sah sie fragend an.

„Ja und? Ich hab kaum gespürt, dass du in unserer Nähe bist, da hast du schon vor uns gestanden! Außerdem, wie sollte ich ihr denn erklären, dass du da bist, wenn man dich nicht sieht?"

„Auch wieder wahr."

Sie gingen eine Weile stumm nebeneinander her.

„Noél?"

„Hm?"

„Was ist los?"

Er blickte sie von der Seite her an.

„Was soll denn sein?"

„Du wirkst so ... nachdenklich", sagte sie. Fast wäre ihr das Wort *abwesend* rausgerutscht.

„Echt?"

„Ja! Was ist los?"

„Nichts. Ich musste nur vorhin grad an früher denken."

„Wie früher?"

Er seufzte. „An die Zeit, als diese Stadt nur aus

15

dem inneren Bezirk, einer Stadtmauer und ein paar verstreuten Siedlungen davor bestand."

„Wie oft genau warst du eigentlich schon hier?", hakte sie nach, diese Frage interessierte sie schon, seit sie in Wien angekommen waren.

„Ein paar Mal", erwiderte er ausweichend. Alicia kannte ihn jetzt gut genug, um zu wissen, dass sie im Moment nicht mehr aus ihm herauskriegen würde.

„Hör auf ihn zu löchern, Ally!", sagte eine tiefe Stimme hinter ihnen und Alicia fuhr herum. Noél lachte wieder und sie warf ihm einen bösen Blick zu. Sean und Zefira schlenderten Arm in Arm an die Beiden heran und blieben dann stehen.

„Wie lange seid ihr schon hinter uns?", fragte Alicia betont ruhig.

„Schon eine Weile", antwortete Sean mit einem Schulterzucken.

Alicia blickte zu ihrem Freund. „Seit wann weißt du es schon?"

Noél zuckte mit den Schultern. „Seit sie aus der Seitengasse gekommen sind." Er zwinkerte ihr zu und legte wieder seinen Arm um ihre Schulter.

„Na komm, lass uns einen schönen Abend verbringen, ja?"

„Hmpf!" Alicia ließ sich von ihm weiterführen. Sie erreichten den Stephansplatz und bogen in eine der kleinen Seitenstraßen ein. Plötzlich blieben sowohl Noél, als auch Sean stehen und sahen sich mit einem konzentrierten Gesichtsausdruck um. Zefira und Alicia blickten sich an, doch gerade, als Alicia etwas sagen

16

wollte, hob Noél die Hand und schloss die Augen. Er horchte in die Nacht hinein, doch außer den murmelnden Menschenmassen und Autos, die sich im Sommer durch die Stadt bewegten, war nichts zu hören. Noél richtete sich auf und öffnete die Augen.

„Was war das?", fragte Sean nachdenklich.

„Etwas altes und sehr Dunkles", antwortete Noél. „Etwas, von dem ich geglaubt hatte, es wäre nicht mehr hier." Er blickte noch einmal in die dunkle Gasse hinein. „Lasst uns essen gehen", sagte er schließlich, griff nach Alicias Hand und führte sie aus der Gasse hinaus in eine weitere, belebte Straße zu ihrem Lieblingslokal.

Tief in den dunklen Schatten regte sich etwas. Das Wesen war alt, sehr alt. Sein Gesicht war verwittert wie die Rinde eines uralten Baumes. Helle Augen glommen in den Tiefen seiner Augenhöhlen, als es den Vampiren hinterherblickte. Es kannte den einen. Mit diesem hatte es noch eine Rechnung offen. Eine sehr alte Rechnung. Es vergaß nicht und es vergab nicht. Ein boshaftes Lächeln begann um seine Lippen zu spielen. Der Vampir hatte wieder eine Frau! Nun das eröffnete ungeahnte Möglichkeiten! Das Wesen wandte sich um und eilte mit einer Geschwindigkeit, die nicht zu seinem Alter passen wollte, in die Schatten. Es musste unbedingt wieder Vampire rekrutieren. Das letzte Mal war es diesem einen ohne Schutz gegenüber getreten. Das würde es diesmal nicht mehr tun. Es beging Fehler niemals zweimal!

III

Wien, April 2010

„Sieh an, sieh an, sieh an!" Die süffisante Stimme
hallte durch die dunkle Gasse. Der Vampir kam mit
glänzenden Augen auf uns zu. Ich klammerte mich an
Noéls Hand und er schob mich hinter sich. Sean
schloss zu uns auf, auch er hatte Zefira hinter sich
geschoben.

„Du bist also der Vampir, der hier allen anderen
Angst eingejagt hat?" Es klang ziemlich arrogant. Der
Vampir kam näher heran und nun konnte ich auch sein
Gesicht im Dämmerlicht der Straßenbeleuchtung
erkennen. Es war kantig und mit einer ordentlichen
Adlernase versehen, seine Augen schimmerten wie
polierte Silbermünzen.

„Angst?", fragte Noél leise. „Ich jage niemandem
Angst ein!"

„Hm." Der Vampir richtete sich zu seiner vollen
Größe auf und begutachtete Noél. „Du magst vielleicht
der Älteste von allen hier sein, aber das heißt, nicht,
dass du das Sagen hast."

„So steht es im Kodex der Vampire."

„Wir neuzeitlichen Vampire haben keinen *Kodex*!"
„Sondern?"

„Wir nehmen uns einfach, was wir haben wollen!"
„Und was willst du?"

„Oh, es wäre sehr zuvorkommend, wenn du die

18

Stadt verlässt."

„Sorry", knurrte Noél. „Passe!"

„Nun denn, dann werden wir dir und deinem Schützling erst mal die Frauen abnehmen und dann werden wir euch aus unserer Stadt werfen!"

„Wir?"

„Ja, wir!" Hinter dem Vampir tauchten noch vier weitere auf. Ich erstarrte hinter Noél.

„Tja nun ..." Noél richtete sich auf, zog gemächlich seine Jacke aus und reichte sie mir. Sean tat genau das Gleiche. Beide krempelten die Hemdsärmel auf und traten einen Schritt vor.

„Wenn du es darauf anlegst, *Vampir*, dann komm her und versuch es!" Der Angriff kam so rasch, dass ich nach Zefira griff und mich mit ihr an die Hauswand presste. Unsere Männer kämpften Rücken an Rücken, als wären sie eins. Ich hatte ja schon viele abgefahrene Dinge gesehen, aber dieser Vampirkampf war einzigartig! Offenbar hatte Noél bei Seans Wandlung, diesem auch seine Fähigkeit zu kämpfen weitergegeben. Die Bewegungen der beiden waren vollkommen synchron und gegen diese Macht kamen die Einzelkämpfer nicht an. Schon kurz nachdem der Kampf begonnen hatte, lagen die ersten zwei Vampire am Boden. Ich blickte mich gehetzt um, weil ich den Anführer nicht mehr sehen konnte. Panisch fingerte ich in meiner Handtasche herum und dann hielt ich den kleinen Gegenstand in der Hand, den ich gesucht hatte. Keinen Moment zu früh, denn plötzlich tauchte ein Gesicht vor mir auf.

„Hallo, meine Lieben!"

Zefira schrie auf, bevor ich es verhindern konnte. Dann schrie der Vampir, als ich ihm, mit angehaltenem Atem, den Pfefferspray direkt ins Gesicht sprühte. Ich wusste, es würde ihn nicht lange aufhalten, doch da war Noél auch schon heran und schickte ihn mit einem einzigen Schlag zu Boden. Sean hatte noch den letzten Angreifer niedergeschlagen und lief zu Zefira. Die stand keuchend neben mir und starrte uns an. Noél hatte mich gegen die Wand gepresst und küsste mich wild. Meine Augen brannten noch vom Pfefferspray, doch das war mir egal. Ich grub meine Finger in seine Haare und konnte seine Erregung spüren, als er sein Knie zwischen meine Beine schob.

„Wir müssen hier weg!" Das kam von Sean. Noél löste sich mit einem letzten Kuss von mir und griff nach meiner Hand. Wir liefen durch die nächtliche Stadt bis zu unserem Wohnhaus. Im Lift konnte Noél erneut die Finger nicht von mir lassen und ich sah aus dem Augenwinkel, dass es auch Sean und Zefira ebenso erging. Ganz offenbar hatte ein Vampirkampf eine höchst anregende Wirkung.

Irgendwie schafften wir es dann doch noch in unsere Wohnung. Immer noch aufgepeitscht durch die Ereignisse der Nacht, fielen wir wie zwei Verhungernde übereinander her. Zum ersten Mal bekam ich einen Vorgeschmack darauf, was mich erwartete, wenn ich einmal ein Vampir sein würde. Noél war nicht in der Stimmung, sich zurückzuhalten und ich auch nicht, wenn ich es mir ehrlich eingestand. Wir liebten uns

wild und ungezügelt und dann, auf unserem gemein-
samen Höhepunkt, biss er mich. Das Gefühl war unbeschreiblich. Flammenzungen schossen durch meinen
Körper, als er mein Blut in sich aufnahm. Das Feuer
wurde unerträglich und ich schrie und krallte meine
Nägel tief in sein Fleisch. In dem Moment ließ er los
und wir fielen zurück auf das Bett. Wie aus weiter
Ferne hörte ich ihn schreien. Mir war schwindlig von
dem überwältigenden Höhepunkt und dem Blutverlust.

„Nein! Oh bitte nein!", schrie Noél und beugte sich
über mich. „Was hab ich getan?", hauchte er, als ich
die Augen öffnete und ihn verständnislos ansah.

„Bleib wach!", forderte er.

Warum sollte ich das tun? Wollte ich ihn fragen,
doch meine Zunge gehorchte mir nicht. Meine Arme
und Beine waren schwer, so angenehm schwer.
Dunkelheit hüllte meine Gedanken ein und ich schloss
wieder die Augen.

„Bleib wach, verdammt!", schrie Noél und gab mir
eine Ohrfeige. Ich riss die Augen auf. So außer sich
hatte ich ihn noch nie gesehen! Panik ließ seine Augen
hell leuchten. Er verließ mich kurz, das registrierte der
Teil meines Bewusstseins, der seinem Befehl noch
Folge leisten konnte. Ich fühlte mich, als würde ich
schweben, losgelöst von den Fesseln meines Körpers.
Noél kam zurück und gleich darauf fühlte ich einen
Stich und ein leichtes Ziehen in meinem Arm.

„Bleib bei mir!", flüsterte Noél und küsste mich
behutsam.

Nichts anderes hatte ich vor, warum fragt er mich

das bloß?, dachte ich noch, dann wurde die Dunkelheit übermächtig und ich schloss endgültig die Augen.

Dämmerlicht empfing mich, als ich aus der Bewusstlosigkeit auftauchte. Ich blickte einen Moment verwirrt an die Decke des großen Himmelbettes, dann bemerkte ich, dass mein linker Arm festgebunden war. Und etwas Schweres lag auf meinem rechten Arm. Mühsam drehte ich den Kopf und betrachtete die Blutkonserve, aus der unablässig Blut in einen Schlauch tropfte, der in meinem Arm endete. Immer noch schlaftrunken wandte ich mich der anderen Seite zu und erblickte Noéls Hand, die auf meinem Handgelenk ruhte. Erstaunt sah ich höher und direkt in sein Gesicht. Er hatte die Augen geschlossen und schlief offenbar. Noch als ich mich fragte, was eigentlich los war, stürmten die Erinnerungen auf mich ein und ich stöhnte leise. Noél richtete sich neben mir auf und betrachtete mich nachdenklich.

„Wie fühlst du dich?", fragte er ruhig. Zu ruhig. So verhielt er sich normalerweise nur, wenn er nervlich total überspannt war.

„Ich weiß nicht, irgendwie seltsam", krächzte ich und sah ihn an. Ja, er hatte Angst. Um mich und vermutlich auch vor dem, was ich jetzt tun würde. Behutsam richtete er mich auf und gab mir zu trinken, dann sah er mich wieder forschend an und tastete nach meinem Puls.

„Ich weiß nicht, wie ich das jemals wieder gut machen kann", sagte er leise und seine Augen ließen

22

mich nicht los.

Lange Zeit musterte ich ihn und überlegte mir meine Worte genau, dann räusperte ich mich und griff nach seiner Hand.

„Es gibt nichts gutzumachen, Noél. Ich liebe dich und ich kannte das Risiko. Aber versprich mir bitte eines ..."

„Ja?"

„Versprich mir, dass du das, was letzte Nacht geschehen ist, erst wieder machst, wenn du bereit bist, es auch zu Ende zu führen."

„Ich weiß nicht, ob ich das kann", hauchte er. „Du bist so anders, als alle, die ich bis jetzt gekannt habe. Bei dir verliere ich vollkommen die Kontrolle."

„Dann versuch es bitte", flüsterte ich und strich über seine Wange.

Zärtlich küsste er meine Hand und nickte. „Das werde ich."

IV

Wien, 30. April 2010, Beltane

„Nein, Alicia! Du bist noch viel zu schwach!"

„Noél, bitte, ich kann zur Uni gehen, also kann ich auch die Führung mitmachen!" Ich stampfte mit dem Fuß auf und sah ihn ärgerlich an. Er griff nach mir, doch ich wich ihm aus.

„Noél! Ich bin nicht das rohe Ei, als das du mich gerne sehen würdest!"

„Nein, ein Ei bist du wahrlich nicht!" Er kam näher und blieb dann ganz dicht vor mir stehen. „Du bist nur so extrem störrisch!"

„Ja und?" Ich musste meinen Kopf in den Nacken legen, um ihm in die Augen sehen zu können. Er seufzte und verdrehte die Augen. „Na gut! Aber du kommst gleich nach der Führung heim!"

„Ja, mach ich", versprach ich artig und ließ schließlich zu, dass er mich in seine Arme zog und küsste.

Es war später am Nachmittag, als ich mitten in einer Gruppe wissbegieriger Menschen stand und dem Vortrag lauschte. Wir befanden uns auf der heutigen Weißgerberlände nahe dem Hundertwasserhaus. Wir lauschten mit einem wohligen Schaudern den Geschichten von Hexenjagden und Hexenverbrennungen in und um Wien. Tatsächlich war es in Wien nur ein einziges Mal, nämlich im Jahr 1583 zu einer Hexenverbrennung gekommen. Das erklärte uns der Tourguide. Die meisten Hexen hatte man enthauptet.

Ein leichter Wind kam auf und ich bekam eine Gänsehaut. Der kürzlich erlittene Blutverlust sorgte immer noch dafür, dass ich schnell fror. Jetzt erst fielen mir die dunklen Wolken auf, die sich um die Stadt herum auftürmten. Die Abenddämmerung hatte längst eingesetzt und entfernt war Donnergrollen zu hören. Wir bewegten uns über das Gelände und blieben nahe dem Fluss noch einmal stehen. Einige der um mich stehenden Menschen blickten besorgt zum Himmel. Das Gewitter kam jetzt näher, doch noch regnete es nicht. Ich blickte nachdenklich auf den Boden zu meinen Füssen hinab. Das Gras war braun an dieser Stelle. Es war einer von diesen unerklärlichen, kreisrunden braunen Flecken, die in jeder Wiese vorkamen.

Gerade, als ich noch darüber nachdachte, was den Fleck verursacht haben könnte, beendete ein gleißender Lichtblitz alle meine Gedanken und Überlegungen ...

V

Wien, Mai 2010

WACH AUF!
Die Stimme flüsterte durch meine Gedanken.
Träge, warme Dunkelheit umgab mich.
WACH AUF!
Ganz langsam tauchte ich aus dieser Dunkelheit
empor.
WACH JETZT AUF! Die Stimme war nun direkt
neben meinem Ohr. Ich riss die Augen auf und
schnappte nach Luft. Es war gefühlt der erste Atemzug
seit Stunden. Mein Blick fiel auf ein Bett in einem
Krankenhauszimmer. In dem Bett lag eine Frau. Mein
Gehirn versuchte, die Informationen zu verarbeiten.
Dann erkannte ich die Frau und begann zu schreien.
Die Frau auf dem Bett war ich! Und gleich daneben,
ihre Hand unter seinem Kopf begraben saß Noél. Mein
geliebter Noél.
Ach, hör auf zu schreien! Es klang ärgerlich und
ein wenig genervt.
Ich schloss den Mund und starrte die Frau an, die
jetzt hinter Noél stand. Sie war groß, mit langen, roten
Haaren und Augen, die keine richtige Farbe besaßen,
sondern immer wieder wechselten. Gerade eben waren
sie grasgrün mit einer gelben Korona.
Wer bist du? Noch als ich das fragte, stellte ich
schockiert fest, dass auch ich mental mit ihr sprach.

Morwenna.

Was ist passiert? Mein Blick ging wieder zum Bett. Noél hatte sich nicht bewegt. Und mein liegendes Ich auch nicht.

Ein Vampir. Morwenna blickte auf den Mann vor sich, dann sah sie mich an. *Das ist interessant!*

Noch mal! Ich versuchte, nicht zu hysterisch zu klingen. *Was ist passiert?*

Es dauert eine Weile, bis dein Gehirn den Schock verarbeitet. Sie lächelte gewinnend. *Lass dir Zeit.*

Zeit wofür ..., begann ich, doch dann kamen die Erinnerungen. Die Zeit begann rückwärts zu laufen. Ein greller Blitz stand ganz am Anfang, dann war ich an einem Fluss, dem Donaukanal. Eine Gruppe Menschen stand dort und lauschte einem Mann. Er erzählte von den Hinrichtungen durch Verbrennung, die auf dem Gebiet der heutigen Weißgerberlände, die damals noch Gänseweide hieß, stattfanden. Dann lief die Zeit immer schneller rückwärts, bis mir schwindelte. Plötzlich stand ich auf der Gänseweide auf einem Scheiterhaufen. Es war Nacht. Vampire standen um mich herum. Und ein Druide, ganz in weiß gekleidet, murmelte Zauberformeln und wedelte mit den Armen. Feuer leckte an meinem Gewand, an meiner Haut und bedeckte mich schließlich ganz und gar.

IN PERPETUAS AETERNITATES, hauchte mein körperloses Ich in den Rauch. Ich atmete Flammen. Ich drohte zu ersticken.

IN PERPETUAS AETERNITATES ...

Die Zeit beschleunigte wieder und ich zerstob in

einem blendend hellen Lichtblitz.

Ich verstehe nicht, brachte ich nach einer geraumen Weile heraus.

Doch, du verstehst! Morwenna war nun ganz nah bei mir.

Ich sah sie nachdenklich an: *Du bist verbrannt worden!*

Ja, ich wurde vom Rat der Vampire verbrannt. Sie brauchten allerdings einen Druiden, um mich zu binden.

Vom Rat der Vampire? Ich blickte kurz zu Noél hinüber.

An ihn kann ich mich nicht erinnern. Morwenna war meinem Blick gefolgt.

Er ... Wir kommen aus Amerika, fühlte ich mich gezwungen zu sagen. Ich wusste ja nicht, wie mächtig Morwenna war und ich wollte nicht, dass sie sich auf Noél stürzte.

Oh, das hatte ich nicht vor! Morwenna zwinkerte mir zu. *Und ich bin jetzt auch nicht mehr mächtig!*, fügte sie geheimnisvoll hinzu.

Bin ich vom Blitz getroffen worden?, fragte ich, um von Noél abzulenken.

Du hast den Blitz erzeugt, als du meine Kraft in dir aufgenommen hast!

Ich hab WAS? Meine Augen drohten aus meinem Kopf zu treten.

Du musst Hexenblut in dir haben, sonst hätte es nicht funktioniert! Morwenna ging wieder im Zimmer herum.

Ich bin keine Hexe!

Doch, jetzt schon. Morwenna blieb ganz dicht vor mir stehen. *Du hast jetzt meine Magie in dir. Sei vorsichtig damit!*

Und wenn ich sie nicht haben will? Ich geriet in Panik.

Das ist keine Frage des WOLLENS! Morwennas perfekte Augenbrauen zogen sich zusammen, ihre Augen wurden strahlend blau wie der Himmel über einer stürmischen See.

Du bist direkt auf meinem Scheiterhaufen gestanden. An Beltane, der mächtigen Nacht der Hexen. Mitten in einem Gewitter! Mit jedem Satz kam sie näher heran. *Und du hast Hexenblut in dir! Natürlich hat meine Macht nach dir gegriffen.*

Was bedeutet IN PERPETUAS AETERNITATES?, hauchte ich.

Auf immer und ewig. Morwenna stand neben meinem Bett und strich zärtlich über meine Haare.

Du bist noch so jung! Hat er dich deshalb noch nicht verwandelt?

Ja ..., sagte ich gedehnt.

Nun, das braucht er jetzt auch nicht mehr, meinte sie geheimnisvoll.

Was?

Nein! Morwenna schüttelte den Kopf. *Du weißt alles, was du wissen musst. Meine Aufgabe ist nun erfüllt, kleine Alicia. Ich wünsche dir ein schönes, langes Leben mit deinem Vampir! Und pass gut auf meine Magie auf!*

29

Noch bevor ich irgendetwas dagegen machen konnte, verschwand Morwenna lächelnd und ließ mich allein zurück. Allein mit meinen Gedanken. Allein mit der Angst. Etwas zupfte an mir, wie der Wind an einem zupft, wenn er nur ganz sachte weht. Das Zupfen wurde stärker, wurde zu einem Ziehen. Schließlich wurde ich zum Bett gezerrt und auf das Bett und mit einem mächtigen Schlag direkt in meinen Körper gestoßen. Die Welt um mich begann sich in einem riesigen Strudel zu drehen, bis ich nur noch nach Luft ringend versuchte aufzutauchen.

Alicia schlug die Augen auf und atmete laut keuchend ein. Noéls Kopf schoss in die Höhe, er sprang vom Sessel hoch und beugte sich über sie.

„Alicia! Oh mein Gott!"

„Echt jetzt?", krächzte sie nach Atem ringend. Noél begann zu lachen. Ein leicht hysterisches Lachen. Er beugte sich über sie und drückte ihr einen Kuss auf die Lippen. Zu mehr kam er nicht. Die piependen Anzeigen hatten die Schwester alarmiert. Sie kam ins Zimmer und dann zum Bett gelaufen.

„Was tun Sie noch hier?", fauchte sie Noél an. „Die Besuchszeit ist schon seit Stunden vorbei!"

Noél wurde von hereinstürmenden Ärzten und Schwestern einfach zur Seite und an die Wand gedrängt. Alicia hielt ihren Blick auf ihn gerichtet und er lächelte ihr aufmunternd zu. Sie hatte sehr wohl bemerkt, dass er eiskalt war. Wie lange mochte sie schon hier gelegen haben?

„Noél?", wisperte sie, doch die Ärzte bombardierten sie mit Fragen. Sie war unfähig einen klaren Gedanken zu fassen.

„RUHE!", bellte ein kahlköpfiger Arzt in die Runde. Im entstandenen Schweigen beugte er sich vor.

„Verstehen sie mich?", fragte er langsam.

„Ja." Alicia schluckt hart. Ihre Kehle war so ausgetrocknet, dass das Sprechen ihr unheimlich schwerfiel. Nachdem der Arzt genickt hatte, reichte ihr eine Schwester einen Schnabelbecher. Die kühle Flüssigkeit tat ihrer wunden Kehle gut. Sie schloss kurz die Augen.

„Was ist passiert?"

„Sie wurden vom Blitz getroffen", sagte der Arzt ruhig. „Wie durch ein Wunder wurden Sie nicht verletzt."

„Dann kann mich der Blitz wohl nicht getroffen haben." Sie schloss die Augen. „Ich bin so müde."

„Das ist nur verständlich", sagte der Arzt. „Wir müssen noch ein paar Untersuchungen machen, dann können Sie schlafen."

„Okay." Sie öffnete die Augen und sah zur Wand. „Noél?", fragte sie wieder. Er löste sich von der Wand und kam näher. Der Arzt trat einen Schritt zur Seite und nickte ihm zu.

„Fünf Minuten, Herr Cadeau, Ihre Verlobte braucht jetzt wirklich Ruhe." Noél griff nach ihrer Hand und beugte sich zu ihr.

„Ich komme später wieder her", hauchte er an ihren Lippen und küsste sie zärtlich. Ja, er war wirklich eiskalt. Sie lächelte ihn an. Er strich noch einmal über ihre Wange und verließ das Krankenzimmer. Auf dem Weg zur Garage zuckte er zusammen und rieb über seinen Arm. Er hatte das Gefühl gehabt, dass ihm etwas in die Armbeuge gestochen wurde, doch er konnte keine Wunde erkennen. Kopfschüttelnd wandte er sich zu seinem Wagen und fuhr in die Wohnung.

Ich erwachte in jenem angenehmen Dämmerzustand, der dem Schlaf folgt. Ich hatte geträumt, dass ich die Macht einer Hexe übernommen hatte. Lächelnd über diese Albernheit öffnete ich die Augen und erstarrte. Ich konnte Noél und Sean leise reden hören. Das Zimmer allerdings war mir gänzlich unbekannt. Ich wandte den Kopf und sah verständnislos zu den Geräten hin. Eine gezackte Linie flimmerte über einen Monitor. Dann prügelte die Erinnerung wieder auf mich ein. Ich hatte das alles nicht geträumt! Ich war vom Blitz getroffen worden! Nein – Stopp! *Ich* hatte den Blitz erzeugt!

„Alicia?" Noél stand neben meinem Bett und griff nach meiner Hand. Ich sah ihn an, er war jetzt ganz warm.

„Wie lange?", brachte ich schließlich heraus.

„Drei Tage, Alicia." Er küsste meine Hand und dann mich. „Zwei Tage bist du im Koma gelegen." Er wirkte blass und erschöpft. Mein armer Noél!

„Ich möchte nach Hause."

Noél strich über meine Haare, dann sah er kurz zu Sean, der nun ebenfalls neben dem Bett stand.

„Ich hole einen Arzt", sagte Sean und verließ das Zimmer.

„Wir bringen dich heim, Alicia, keine Sorge", hauchte Noél. Ich zog ihn zu mir hinab und küsste ihn zärtlich. Irgendwie hatte ich das Gefühl, seine Lippen eine Ewigkeit nicht mehr gefühlt zu haben.

Auf immer und ewig, geisterte es durch meine Gedanken.

Auf immer und ewig, hatte Morwenna gesagt.

Und, dass Noél mich jetzt nicht mehr verwandeln musste. Ich zerbrach mir den Kopf darüber, was sie wohl gemeint haben könnte, doch mein müdes Gehirn kam damit nicht klar. Der Arzt kam, dicht gefolgt von Sean, herein und blickte in die Krankenakte.

„Nun, ich kann leider noch nicht sagen, wann wir Sie entlassen können", sagte er zu mir. „Ein Blitzschlag ist schließlich eine sehr ernste Sache."

„Ich habe doch keine Verbrennungen, oder?", fragte ich ängstlich. Er schüttelte den Kopf. „Erstaunlicherweise nein, aber Sie waren sehr lange Zeit nicht bei Bewusstsein. Ich möchte einfach Folgeschäden ausschließen."

„Und wenn sie trotzdem gehen möchte?", fragte Noél leise. Er saß auf der Bettkante und hielt meine Hand.

„Nun ...", sagte der Arzt gedehnt. „Wir können sie hier nicht festhalten, aber es wäre auf jeden Fall in keiner Weise ratsam."

„Wir nehmen sie mit!", entschied Noél fest und der Arzt seufzte, dann sah er mich an. „Ist das wirklich Ihr

Wunsch, gegen meinen ärztlichen Rat zu gehen?"

„Ja, bitte", sagte ich ruhig und klammerte mich an Noéls Hand. Er strich zärtlich mit dem Daumen über meine Finger.

„Na gut!" Der Arzt notierte etwas auf meinem Krankenblatt. Dann seufzte er tief: „Ich lasse Ihre Papiere fertigmachen. Und wenn Sie sich nicht gut fühlen, dann kommen Sie sofort wieder her!"

Ich nickte und lächelte ihn dankbar an. Wir mussten dann doch noch eine halbe Ewigkeit warten, aber schließlich kam eine Schwester und entfernte alle Drähte und den Infusionsschlauch. Noél half mir in meine Kleidung, ignorierte den Rollstuhl und hob mich einfach auf seine Arme. Sean lachte kopfschüttelnd, griff nach den Papieren und meinen Sachen, dann ging er voran und öffnete uns die Türen.

Während der Autofahrt hielt Noél mich an sich gedrückt. Ich konnte fühlen, wie erleichtert er darüber war, dass ich wieder in seiner Nähe war. Morwenna geisterte ständig durch meine Gedanken. Ich überlegte, was für eine Veränderung auf mich zukommen würde. Irgendwie fühlte ich nichts von der Magie, über die sie gesprochen hatte. Ich schloss kurz die Augen und schreckte hoch, als Noél mich behutsam schüttelte.

„Wir sind da, Alicia", flüsterte er und ich sah ihn benommen an. Er griff nach mir und hob mich vorsichtig aus dem Auto. Dann trug er mich in unsere Wohnung, wo Zefira uns schon erwartete.

„Oh Ally, ich bin so froh, dass es dir wieder gut geht!", rief sie aus und drückte mir einen Kuss auf die

Wange. Ich lächelte sie an, dann brachte Noél mich ins
Schlafzimmer und legte mich aufs Bett. Ich setzte mich
vorsichtig auf. Zefira und Sean verabschiedeten sich
und gingen in ihre eigene Wohnung hinüber. Noél kam
zu mir und hockte sich vor mir hin.

„Wie fühlst du dich?"

„Besser." Ich wich seinem Blick aus.

„Alicia?"

„Ich bin müde." Er nickte kurz, dann half er mir
aus meinem Gewand und schob mich unter die Decke.
Fago kam herbei und schnüffelte an mir. Ich streichelte
ihm liebevoll über den Kopf, bis Noél ihm sagte, dass
er sich verziehen sollte. Irgendwann musste ich mit
Noél reden, aber nicht jetzt. Ich rollte mich zur Seite
und schloss die Augen. Er küsste mich auf die Wange,
dann schlief ich ein.

Noél betrachtete seine Freundin. Diesmal war er
wirklich knapp dran gewesen, sie für immer zu verlieren. Der Veranstalter der Führung hatte ihm mehr als
einmal versichert, dass eigentlich kein Gewitter vor-
hergesagt war. Noél bekam immer noch eine Gänsehaut, wenn er an den Anruf zurückdachte. Anrufe wie
diese will keiner erhalten. Ein Glück, dass Alicia ihn
als Notfallkontakt in ihrem Handy gleich an erster
Stelle hatte. Er seufzte und war froh, sie jetzt wieder
bei sich zu haben. Dass sie sich etwas eigenartig verhielt, schrieb er dem Schock zu. Und dass er ihre Präsenz momentan nicht fühlte, dem Blitzschlag. Leise
zog er sich aus und legte sich zu ihr. Behutsam, um sie

nicht zu wecken, schmiegte er sich an ihren Rücken und legte einen Arm um sie. Er atmete ihren Duft ein. Sie roch immer noch ein wenig nach Krankenhaus.

Noél wusste, dass er sie nicht immer beschützen konnte. Und er konnte auch nicht ständig bei ihr sein. Sie liebte es, für ihre Recherchen draußen in der Stadt unterwegs zu sein, und er liebte es, ihre Geschichten zu lesen. Er wusste, dass er bald eine Entscheidung treffen musste. Und das fiel ihm unendlich schwer. Sean zu verwandeln war eine Notwendigkeit gewesen, denn Alicia wäre am Tod ihres Bruders vermutlich zerbrochen. Sie hatte allerdings sehr lange gebraucht, um ihm zu verzeihen. Nicht, weil er ihren Bruder gerettet hatte, sondern weil er ihrem Bruder gewährte, was er ihr versagte. Noél schloss die Augen und hoffte auf Schlaf. Er war so müde, weil er aus Sorge um sie weder vernünftig gegessen, noch geschlafen hatte. Langsam glitt er in einen leichten Dämmerzustand hinüber, der es ihm erlaubte, jede ihrer Bewegungen zu bemerken.

Ich erwachte in der Dunkelheit und diesmal mit dem Wissen, dass ich daheim war. Ich konnte Noéls warmen Körper an meinem Rücken fühlen. Er hatte einen Arm in einer besitzergreifenden, aber auch beschützenden Geste um mich gelegt und sein Atem streifte meinen Nacken. Ich wusste instinktiv, dass er wach war. Vermutlich hatte er sofort bemerkt, dass sich meine Atmung verändert hatte.

„Noél?"

„Hm?"

„Weißt du, was genau passiert ist?" Er atmete tief ein und richtete sich auf. Ich drehte mich auf den Rücken und blickte zu ihm hoch.

„So genau konnte mir das niemand beantworten. Ihr wart unten am Donaukanal und wie aus heiterem Himmel zog plötzlich ein Gewitter auf." Er unterbrach sich kurz und küsste mich.

„Sie haben mir erzählt, dass ein Blitz mitten in die Gruppe einschlug und du bist liegen geblieben." Es klang erstickt und ich strich beruhigend mit meiner Hand über seine Wange. Dann sickerte das Gesagte langsam in meine Gedanken ein.

„Sonst wurde keiner verletzt?", fragte ich erstaunt.

„Nein."

„Das ist gut."

„Bitte?" Er zog die Brauen zusammen.

„Es ist gut, dass ich niemand anderen verletzt habe." Erschrocken hielt ich die Luft an. Warum hatte ich das jetzt gesagt?

„*Du?*" Noél klang verwundert. Ich schloss die Augen und ärgerte mich über mich selbst. Offenbar arbeitete mein Gehirn noch immer nicht richtig.

„Alicia?" Er versuchte, in meinem Gesicht zu lesen und im Gegensatz zu mir *konnte* er im Dunkeln sehen.

„Äh ... ich ..." Ich wand mich förmlich. „Ich hab den Blitz erzeugt", stieß ich aus. Ein kurzes Schweigen folgte dieser Aussage.

„Wie bitte?"

„Der Blitz kam von mir."

„Okay!" Noél rieb sich die Nasenwurzel und ich

riss die Augen auf. Ich konnte ihn sehen! So als wäre das Licht an!

„Oh verdammt!", fluchte ich und setzte mich auf.

„Was ist denn jetzt los?"

„Noél, ich kann dich sehen!", rief ich.

„Ja und? Ich kann dich auch sehen, was ..." Er hielt inne. „Moment! Es ist Nacht!" Er setzte sich im Schneidersitz hin und betrachtete mich nachdenklich. „Alicia, was ist hier los?"

„Ich ... Oh Mann!" Ich ließ mich rücklings auf das Bett fallen und rieb mir mit den Händen über die Augen. Noél sah mich immer noch fragend an, als ich ihm schließlich mein Gesicht zuwandte.

„Ich hätte diese Tour nicht machen sollen", sagte ich mehr zu mir selbst. „Schon gar nicht an Beltane." Ich seufzte, dann setzte ich mich auf und zog meine Beine an. Einen Moment lang war mir schwindelig, dann atmete ich tief durch und griff nach seiner Hand.

„Ich habe anscheinend auf einem Hexengrab gestanden, als der Blitz kam."

„Auf einem Hexengrab." Es klang nicht sonderlich überzeugt.

„Ja, um genau zu sein auf dem Platz, wo vor Jahrhunderten eine Hexe verbrannt worden ist."

„Alicia ..."

„Nein, Noél, ich sag die Wahrheit!"

„Das bezweifle ich ja auch nicht!" Er hielt meine Hand fest und sah mir in die Augen. „Aber kann es nicht auch sein, dass dir dein Gehirn das nur vorgaukelt, weil du einen elektrischen Schlag bekommen

38

hast?“

„Und wieso kann ich plötzlich in der Nacht sehen, wie eine Katze?“

„Keine Ahnung, aber auch dafür gibt es sicher eine Erklärung.“

„Du bist ein Vampir!“

„Touché“, sagte er leise und leicht gekränkt.

„Entschuldige.“

„Nein, du hast ja recht. Wer bin *ich* schon, *dir* zu sagen, was real und was Fiktion ist?“ Er ließ meine Hand los und streckte sich neben mir aus.

„Noél?“ Er seufzte, dann drehte er sich auf die Seite und stützte sich auf seinem Ellbogen ab.

„Okay, nehmen wir mal an, das ist wirklich passiert, was macht dich so sicher?“

„Die Hexe hat mit mir gesprochen“, erklärte ich kleinlaut.

Seine Augen wurden groß: „Bitte was?“

„Die Hexe, Morwenna, hat mit mir darüber gesprochen, dass ich ihre Magie erhalten habe. Deshalb der Blitz.“ Noél ließ sich wieder auf den Rücken fallen und legte die Arme unter seinen Kopf. Lange Zeit starrte er nur auf den Baldachin über dem Bett. Ich streckte mich vorsichtig neben ihm aus und robbte langsam näher zu ihm. Ich war nicht sicher, ob ich mich an ihn kuscheln durfte, aber ich brauchte seine Nähe. Er streckte einen Arm aus und zog mich an sich. Zufrieden schmiegte ich mich an seine Brust und legte eine Hand auf seinen Bauch. Er strich zärtlich über meinen Arm.

„Und was hat diese Morwenna ...?" Er hielt kurz inne und ich nickte an seiner Brust. „Was hat sie noch gesagt?"

„Sie hat mir gezeigt, wie sie gestorben ist. Ich war *sie* in einer Vision. Ich bin verbrannt worden."

„Viele Hexen sind damals verbrannt worden." Noél wirkte nachdenklich. „Aber von einer Reinkarnation der Magie hab ich noch nie etwas gehört!"

„Bevor sie ganz verbrannte, hat sie einen Zauber ausgesprochen."

„Einen Zauber?"

„Ja, ich hab nur die letzte Zeile mitbekommen: *IN PERPETUAS AETERNITATES.* "

„Auf immer und ewig", übersetzte Noél leise und ich lächelte schwach. Lange Zeit schwiegen wir, während er weiterhin über meinen Arm strich.

„Was ich nicht verstehe", sagte er plötzlich. „Wenn sie eine so mächtige Hexe war, wie konnte ein weltlicher Henker sie dann verbrennen?"

„Es war kein weltlicher Henker, der das Urteil vollstreckte."

„Nicht?" Er klang überrascht.

„Nein."

„Und wer hat die Hexe dann verbrannt?", wollte er schließlich wissen.

„Der Rat der Vampire. Aber sie brauchten einen Druiden, um sie zu binden."

„Der Rat der Vampire?"

„Ja, ich hab sie alle in dieser Vision gesehen, Noél, es war grauenhaft."

„Ich kann mich nicht daran erinnern, dass es in dieser Stadt jemals einen Vampirrat gegeben hat."

„Morwenna konnte sich auch nicht an *dich* erinnern", sagte ich leise und er zuckte zusammen.

„Sie hat mich gesehen?"

„Ja, wir standen neben dem Krankenbett", flüsterte ich. „Ich konnte *mich* dort liegen sehen und *dich* auf meiner Hand." Seine Hand verkrampfte sich kurz an meiner Schulter. Sein Schmerz war beinahe körperlich spürbar. Er atmete schneller, weil ihm plötzlich bewusst wurde, dass ich offenbar eine Zeit lang wirklich mehr tot, als lebendig gewesen war. Ich küsste seine Brust und er beruhigte sich langsam.

„Ich bin hier, Noél. Es ist nicht passiert", hauchte ich an seiner Haut. Er holte tief Luft.

„Ich weiß", sagte er mit belegter Stimme. „Aber es war verdammt knapp."

Ich richtete mich auf und streckte mich zu ihm hoch. Er hob mich über sich und küsste mich behutsam. Ich ließ mich rittlings auf seinen Bauch gleiten und knabberte an seinen Lippen.

Noél hielt mich zurück. „Alicia, du bist noch nicht wieder gesund."

Ich seufzte leise, doch dann kuschelte ich mich einfach nur an ihn. Er legte die Arme um mich und zog die Decke höher.

„Morwenna hat übrigens gemeint, dass du mich jetzt nicht mehr verwandeln musst.", hauchte ich müde.

„Was? Wieso?", hörte ich noch und schlief ein.

VI

Wien, Mai 2010

Noél hatte wieder zu arbeiten begonnen, aber ich konnte mich nicht auf mein Studium konzentrieren. Ich musste herausfinden, wer Morwenna war und vor allem, was sie getan hatte. Es musste ja einen schwerwiegenden Grund gegeben haben, warum die Vampire sie verbrannten. Doch so sehr ich im Internet auch suchte, nirgends gab es einen Hinweis auf eine Hexe namens Morwenna, die irgendwann in Wien gelebt hatte.

„Ich habe darüber nachgedacht", sagte Noél plötzlich neben mir. Er kam gerade von der Uni und stellte seine Tasche einfach neben die Couch. Ich war so daran gewöhnt, dass er sich lautlos bewegte, dass ich nicht einmal überrascht war. Ich blickte zu ihm hoch und er küsste mich zärtlich.

„Worüber hast du nachgedacht?"

„Über die Worte der Hexe."

„Ich dachte, du glaubst mir nicht."

„Ach Alicia." Er seufzte leise und setzte sich neben mich. „Es ist keine Frage des *Glaubens*. Ich vertraue dir und ich weiß, dass du mich nie anlügen würdest."

„Und?"

Er griff nach meiner Hand und sah mir in die Augen. „Ich liebe dich. Egal, was passiert ist, ich werde immer an deiner Seite sein und das gemeinsam mit dir durchstehen." Ich strich liebevoll über seine Wange und küsste ihn. „Ich liebe dich auch, mein liebster Blutsauger", sagte ich grinsend. Noél lachte leise und stand wieder auf, um seine Jacke auszuziehen.

„Also?", fragte ich, als er wieder ins Wohnzimmer kam. „Was hast du herausgefunden?" Er blieb stehen und blickte kurz aus dem Fenster auf die nächtliche Stadt hinaus.

„Herausgefunden habe ich es nicht", sagte er kryptisch und wie zu sich selbst. „Ich habe es gefühlt." Ich sah ihn nachdenklich an. Jetzt wandte er sich um und blickte in meine Augen: „Du bist unsterblich."

„*WAS?*"

Noél sah mich weiterhin ruhig an. Ich begann den Kopf zu schütteln. „Nein, nein, nein! Ich bin nicht unsterblich! Wie sollte das denn gehen?"

„Auf immer und ewig, Alicia. Das war es doch, was die Hexe gesagt hat?" Ich nickte langsam und er kam näher.

„Nun, ich denke, es hat mit ihrer Magie zu tun. Nicht die Magie selbst ist durch ihren letzten Zauberspruch unsterblich geworden, sondern der Träger der Magie wird unsterblich!"

„Noél!" Ich sprang hoch. „Wie kann ich durch die Magie unsterblich geworden sein?"

„Keine Ahnung, aber ich weiß, dass du jetzt unsterblich *bist*! Ich kann deine Präsenz nicht mehr so wie früher fühlen, Alicia, aber ich fühle deine Unsterblichkeit!" Natürlich konnte er das fühlen. Er war ein unsterbliches Wesen und als solches erkannte er auch andere.

„Oh wow!", hauchte ich und sah auf meine Hände hinunter, als könnte ich dort eine Veränderung erkennen. Er griff nach meinen Händen und sah mich an. „Alles in Ordnung?"

„Nein ...", sagte ich gedehnt. „Nichts ist in Ordnung!" Er zog mich in seine Arme, dann legte er seine Hände um meine Hüften und blickte mir in die Augen.

„Du bist jetzt unsterblich. Das ist toll, genieß es!"

„Du weißt, dass ich ein Vampir werden wollte", maulte ich leise und er lachte. Dann beugte er sich zu mir hinunter und küsste mich.

„Also mir gefällt die Idee mit einer Hexe zusammen zu sein", hauchte er an meinen Lippen und ein Schauer lief über meinen Rücken. Ich schnappte nach seiner Unterlippe und er knurrte leise, bevor er mich in einen derart leidenschaftlichen Zungenkuss zog, dass mir die Knie ganz weich wurden. Ich grub meine Finger in seine Haare und löste das Haarband. Seine Lippen gingen auf Wanderschaft und lösten kleine Brände entlang meines Halses aus. Ehe ich mich versah, trug er mich schon ins Schlafzimmer und entkleidete uns beide. Ich lächelte ihn an, in so einer Stimmung hatte ich ihn noch nie erlebt. Irgendwie wirkte er, als wäre eine schwere Last von seinen Schultern genommen worden.

Er setzte sich auf die Bettkante und zog mich rittlings auf seinen Schoß. Seine Lippen legten sich heiß über meine Brustwarze und ich bog den Rücken durch.

44

Ich konnte seine Fangzähne deutlich an meiner Haut spüren, so erregt war er bereits. Er stöhnte kehlig auf, als ich meine Hand zwischen uns schob und nach ihm griff. Seine Hüfte zuckte unter mir und ich verstärkte meine Bemühungen. Schließlich hielt er es nicht länger aus, griff fest nach meinen Hüften und pfählte mich. Ich schnappte nach Luft, als ich ihn ganz in mir aufnahm. Seine Küsse wurden jetzt hungriger und ich konnte das gleiche Begehren auch in mir fühlen, je schneller er wurde. Die Wucht meines Höhepunktes traf mich völlig unvorbereitet und rollte wie eine riesige Flutwelle über mich hinweg. Ich hörte mich schreien und fühlte, wie er aufstöhnend und selbst in seinem Höhepunkt gefangen die Zähne in meinen Hals grub.

Er trank in tiefen Zügen von meinem Blut, als unsere Körper noch immer unter weiteren Wellen der Ekstase erzitterten. Mit einem leisen Seufzen ließ er sich schließlich nach hinten sinken und bettete mich auf seine Brust. Ich fühlte mich herrlich schwer und leicht zugleich und glitt in einen angenehmen Dämmerzustand hinüber. Wir waren keine zwei Wesen mehr, wir waren verbunden – auf immer und ewig.

Morwenna! Also bitte!, fauchte ich, als ich registrierte, dass ich wieder einmal neben mir stand. Sie lachte leise und blickte auf das Pärchen im Bett. Noél und ich lagen dort ineinander verschlungen.

Entschuldige, aber meine Magie hat mich zu dir gerufen!

Ist das nicht jetzt eigentlich meine Magie?

Ja schon, aber wenn es so aussieht, als könntest du Hilfe brauchen, dann erscheine ich, meinte sie augenzwinkernd.

Letztes Mal klang das aber eher nach einem Abschied auf Dauer ...

Tja, die Magie war anderer Ansicht! Sie zuckte mit den Schultern.

Wieso hast du mir nicht gesagt, dass mich die Magie unsterblich macht?

Wieso? Ist das wichtig?

Ja, ich wollte ein Vampir werden!

Dein Freund hatte anscheinend Bedenken ...

Hatte er, ja. Ich blickte lächelnd zu Noél hinüber.

Sieh es doch mal so, du bist jetzt unsterblich, er braucht nun keine Angst mehr um dich zu haben. Morwenna lächelte mich an.

Ich seufzte. *Du hast ja recht.*

Na also! Und nun zu der Magie. Morwenna klatschte in die Hände. *Du bist jetzt eine Sonnenhexe.*

Eine was?

Eine Sonnenhexe, du kannst das Sonnenlicht in dir bündeln und im Bedarfsfall auch als Waffe verwenden.

Moment! Als Waffe? Gegen wen denn?

Gegen die Mächte der Finsternis.

Ich starrte sie an, ganz langsam keimte Verstehen in mir auf. Ich öffnete ein paarmal den Mund.

Du hast Vampire getötet?

Vampire, Dämonen, dunkle Hexen ... Alle Wesen, die böse waren.

Morwenna! Noél ist ein Vampir!

Und bis jetzt hast du ihn nicht umgebracht! Morwenna lachte jetzt ganz offen und betrachtete das Paar im Bett. Ich wurde rot, immerhin lag ich ja auch dort.

Sie wurde übergangslos ernst. *So lange er dir treu ist und dich nicht hintergeht, bist du nicht gefährlich für ihn, ganz im Gegenteil.* Ich ließ das erst einmal sacken. Ich konnte Noél also nichts tun. Aber mein Bruder war ja auch ein Vampir ...

So, genug für heute!, entschied Morwenna. *Sieh zu, dass du zurück zu deinem Liebsten kommst, du kühlst schon aus!*

Morwenna?

Ja?

Warum bin ich keine Gefahr für Noél?

Weil eure Seelen schon lange eins sind. Er wusste das von Anfang an. Sie wandte sich ab, ging auf das Fenster zu und verblasste schließlich. Ich betrachtete mein schlafendes Ich nachdenklich. Geh´ zurück, hat sie gesagt, nur wie? *Zurück ...,* dachte ich und schlug die Augen auf. Ich lächelte vor mich hin. So ging das also!

Noél erwachte durch die Wärme der Sonnenstrahlen auf seinem Gesicht. Er öffnete die Augen und starrte eine Weile verständnislos in die Helligkeit. Sein Instinkt sorgte dafür, dass er urplötzlich aufsprang und sich in den Schatten neben dem Bett stellte. Panisch betrachtete er seine Hände und seinen Körper, doch nirgendwo hatten sich Brandblasen gebildet. Nicht einmal eine Rötung war zu erkennen. Verwirrt blickte er in Richtung Bett. Alicia öffnete gerade die Augen und drehte sich zu ihm herum.

„Noél?"

„Ja ..." Es klang lauernd.

Alicia sah ihn verständnislos an, dann richtete sie sich auf den Ellbogen auf. „Alles in Ordnung?"

„Ich weiß es nicht", sagte er leise, trat aus dem Schatten und stemmte die Hände in die Hüften. „Sag du es mir?"

Alicia starrte ihn an. Einen Moment wusste sie nicht, was er meinte, dann erst registrierte sie, dass er mitten im Sonnenlicht stand.

„Ach du grüne Neune!", entfuhr es ihr. Noél begann zu lachen, was ihm einen bösen Blick eintrug. Er legte sich wieder zu ihr und küsste sie. Er wartete immer noch darauf, dass er lichterloh in Flammen aufging, aber nichts geschah.

„So alt musste ich werden, um wieder mal die Sonne zu sehen!", flachste er und Alicia sah ihn erstaunt an.

„Du bist nicht böse deswegen?"

„Nein."

„Hm."

„Mich würde nur interessieren, wie es dazu kam."

„Vielleicht, weil ich eine Sonnenhexe bin."

„Du bist eine *was*?"

„Eine Sonnenhexe."

„Und das weißt du, weil ..." Er hatte sich aufgerichtet und sah auf sie hinab.

„Weil Morwenna hier war und es mir gesagt hat."

„Sie war hier?" Sein Blick verfinsterte sich.

„Ja."

„Was hat sie noch gesagt?"

„Noél, ich will jetzt nicht darüber reden!"

„Es ist aber wichtig!", beharrte er. Alicia sah ihn an.

„Warum hast du mir nie gesagt, dass wir Seelengefährten sind?"

„Woher weißt du ...?" Er unterbrach sich. „Morwenna!"

„Warum, Noél?"

„Weil ..." Ihm, dem Uni-Professor fehlten plötzlich die Worte.

„Weil ...?" Alicia hatte sich nun vollends aufgerichtet.

„Weil Seelengefährten nicht zwangsmäßig aneinandergebunden sein *müssen.*" Er seufzte. „Ich wollte nicht, dass du dich mir verpflichtet fühlst."

„Dir verpflichtet? Sag mal, geht's noch?", fauchte sie wütend.

„Alicia ..."

„Im Krankenhaus nannten sie dich meinen Verlobten", sagte sie lauernd.

„Es war die einzige Möglichkeit, sonst hätten sie mich nicht zu dir gelassen."

„Wir sind aber nicht verlobt."

„Ich weiß."

„Dann bin ich dir ja auch zu nichts verpflichtet."

„Du verstehst das jetzt absichtlich falsch, oder?",

knurrte er leise.

„Aber wieso denn?", fragte sie zuckersüß und ihre Augen sprühten Funken. „Morwenna sagt, unsere Seelen sind aneinandergebunden! Du sagst, wir sind verlobt! Was kann man denn daran bitte falsch verstehen?", giftete sie. Noél schloss kurz die Augen, dann sah er sie fest an: „Willst du denn verlobt sein?"

„Nein!", schrie sie aufgebracht. „Nicht so und nicht jetzt!" Sie sprang aus dem Bett, warf ein übergroßes Shirt über und stapfte nach draußen. Noél seufzte, diese Hexensache wirkte sich absolut nicht gut auf ihre Beziehung aus! Daran musste sich schleunigst etwas ändern. Er stieg aus dem Bett, schlüpfte in seine Hose und folgte ihr.

Alicia stand im Wohnzimmer am Fenster. Das Sonnenlicht schien sich um sie herum zu sammeln. Vorsichtig kam er näher und trat ebenfalls in die Sonne. Nichts geschah.

„Alicia?", fragte er leise und kam noch näher heran. Sie drehte sich nicht um, sie wollte nicht, dass er ihre Tränen sah. Die ganze Situation überforderte sie zusehends. Er legte behutsam seine Arme um sie und zog sie an sich. Ihr Körper war ganz warm, fast schon heiß.

„Es tut mir leid", hauchte er an ihrem Nacken. Sie lehnte sich zurück und schloss die Augen.

„Wie soll ich das denn unter Kontrolle bekommen, wenn ich keine Ahnung hab, was ich bin?", flüsterte sie. Er schmiegte seine Wange an ihre Haare. „Wir werden das gemeinsam herausfinden."

„Und wie?"

„Das Internet ist voll von Leuten, die behaupten Hexen zu sein, vielleicht sind ja wirklich welche dabei."

„Du meinst, ich bin nicht die Einzige?"

„Nein." Er lachte leise. „Es gibt mehr Dinge zwischen dem Himmel und der Erde, als man sich vorstellen kann." Er drehte sie um, griff nach ihrem Gesicht und sah ihr in die Augen.

„Ich bin ein Vampir, du bist eine Hexe und da draußen lauert ein finsterer Druide, um uns alle zu vernichten", sagte er leichthin. Ihre Augen wurden groß.

„*WAS?*", hauchte sie fassungslos.

„Nicht nur du hast Probleme damit, die Dinge wieder auf die Reihe zu kriegen, Alicia. Der Druide, den ich schon besiegt glaubte, ist immer noch hier."

„Warum hast du mir das erst jetzt gesagt?"

„Weil wir uns ab sofort alles erzählen müssen, Alicia. Da draußen lauern Gefahren, die einem normalen Menschen nichts anhaben können. Aber du bist jetzt kein normaler Mensch mehr!" Sie griff nach seinen Armen und klammerte sich daran fest. Er küsste sie und zog sie an sich. So standen sie eine Weile beieinander. Langsam hörte sie auch wieder zu zittern auf.

„Ich glaube, ich kenne den Druiden", hauchte sie an seiner Brust und er nickte bedächtig.

„Ich denke, es ist der Druide, den du in deiner Vision von Morwenna gesehen hast", bestätigte Noél ihre heimliche Vermutung. Alicia löste sich von ihm und sah ihn an.

„Morwenna hat den Spruch mit ihrem letzten Atemzug ausgesprochen. Den Spruch über die Ewigkeit. Aber der Druide stand zu nah dran."

Noél nickte. „Er wurde ebenfalls erfasst und zur Unsterblichkeit verdammt."

„Ja und weil er immer schon ein grausamer Mann war, hat ihn das noch böser werden lassen."

„Er darf nicht erfahren, dass du Morwennas Magie in dir hast", sagte Noél leise, ließ sie ganz los und ging in die Küche um Kaffee für sie zu machen. Alicia sah zu ihm hin. Er hatte sehr schnell akzeptiert, dass er nun auch in der Sonne wandeln konnte. Sie ging zu ihm und wollte sich gerade auf einen Barhocker setzen, als Sean plötzlich bei der Tür hereinplatzte.

„Hallo zusammen!", rief er fröhlich. Alicia fuhr herum und schleuderte einen sonnenhellen Lichtball auf ihn. Nur sein Vampirinstinkt rettete ihn und er duckte sich blitzschnell. Die Lichtkugel erstarb, bevor sie die Wand erreichen konnte. Die drei sahen sich erschrocken an.

„Was?", entfuhr es Sean, dann sah er Noél mit nacktem Oberkörper in der Sonne stehen. Er richtete sich auf, hielt sich aber im Schatten, dann schloss er die Tür hinter sich und verschränkte die Arme vor der Brust.

„Also? Was ist hier los?", verlangte er schließlich zu wissen.

„Es tut mir so leid, Sean! Das wollte ich nicht!",

rief Alicia und lief auf ihn zu. „Ist dir auch nichts passiert?"

„Nein", knurrte er. „Aber mach das nie wieder! Was immer das auch war!"

„Das war eine Sonnenkugel", sagte Noél und die Geschwister drehten sich zu ihm um.

„Was denn?" Er zuckte mit Schultern. „Ich hab davon gehört, tatsächlich gesehen hab ich noch keine."

„Und wieso feuert Alicia plötzlich *Sonnenkugeln* ab?", wollte Sean wissen.

„Weil sie jetzt eine Sonnenhexe ist", bot Noél an und reichte seiner Freundin mit einem Augenzwinkern und einem Lächeln eine Tasse Kaffee.

„Ist das auch der Grund, warum du da mitten im Sonnenlicht stehst?"

„Ja." Noél überlegte kurz und sah zu Alicia. „Anscheinend."

Sean drehte sich um und betätigte den Schalter für die Außenrollos. In der zunehmenden Dunkelheit konnte auch er sich schließlich in der Wohnung bewegen und setzte sich auf einen Barhocker.

„Also?", fragte er und sah die Beiden an. Alicia setzte sich ebenfalls auf einen Barhocker, Noél stellte sich hinter sie und legte die Arme um sie.

„Ich hab bei dem Unfall offenbar die Magie einer Hexe absorbiert, die vor Jahrhunderten verbrannt wurde.", sagte Alicia.

„Du hast *was*?"

„Sean, ich weiß es doch auch nicht!" Alicia seufzte und fuhr sich über die Stirn. „Ich wachte auf und die

Hexe erzählte mir, was geschehen war."

„Die Hexe hat es dir erzählt? Wie denn?"

„Sie erschien mir in einer Vision und dann kehrte ich in meinen Körper zurück." Sean richtete sich auf und starrte seine Schwester an.

„Ganz ehrlich. Wäre ich kein Vampir, würde ich dich jetzt glatt für verrückt erklären!"

„Ja danke, ich hab dich auch lieb!", fauchte sie. Noél richtete sich auf und begann herumzugehen.

„Alicia, was hat dir die Hexe noch erzählt?"

„Sie war eine Vampirjägerin", sagte Alicia und ließ die beiden nicht aus den Augen, doch keiner rührte sich. „Unter anderem", fügte sie noch hinzu.

„Unter anderem?", fragte Noél leise.

„Ja, sie sagte, sie war generell hinter den bösen Mächten her."

„Und weil sie Vampire jagte, wurde sie von Vampiren verbrannt."

„Ich denke, ja."

„Und die Magie besteht darin, das Sonnenlicht zu sammeln und dann einzusetzen?" Das kam von Sean.

„Ja."

„Aber wie passt dann Noél da hinein?", wollte Sean nun wissen.

„Keine Ahnung!" Alicia hob die Schultern. „Morwenna hat gesagt, dass, so lange er mich nicht hintergeht, ihm keine Gefahr von mir droht." Noél lächelte sie an. „Du weißt, dass ich dich nie hintergehen könnte."

„Na das hoffe ich doch sehr", meinte sie augen-

54

zwinkernd, dann überlegte sie.

„Als Morwenna das sagte, fügte sie noch ‚ganz im Gegenteil‘ hinzu ...“

„Ganz im Gegenteil?“

„Ja.“

„Das Sonnenlicht!“, hauchte Sean und sah kurz zu Noél. „Ally kann dich immun gegen Sonnenlicht machen, weil du sonst in ihrer Nähe verbrennen würdest!“ Noél starrte ihn an, dann sah er zu Alicia, als ein böser Verdacht in ihm aufkam. Doch den wollte er vor Sean nicht äußern.

Sean sah zu Alicia. „Was weißt du sonst noch über die Magie in dir?“

„Nichts mehr, das war´s. Aber Morwenna sagte, wenn die Magie befürchtet, ich könnte Hilfe brauchen, dann würde sie wieder herkommen.“

„Hoffentlich nicht wieder in unser Schlafzimmer“, knurrte Noél und Sean lachte leise. „Autsch!“

„Sean, du solltest dich fürs Erste nicht mehr an mich heranschleichen, das kann böse Folgen haben.“ Sean nickte und Alicia kaute kurz an ihrer Unterlippe. „Und sag es bitte auch Zefira. Momentan kann ich es noch nicht kontrollieren.“

„Zefira kann dein Lichtball nicht vernichten“, gab Sean zu bedenken.

„Ja, aber er kann sie verbrennen.“

„Da hast du wohl recht.“ Sean erhob sich und wandte sich zur Tür. „Seht zu, dass ihr das auf die Reihe kriegt und fragt, wenn ihr Hilfe braucht, ja?“ Die Beiden nickten und Sean verließ die Wohnung.

Alicia wandte sich zu Noél um. „Und jetzt sagst du mir bitte, was du darüber weißt, wie ich dich immunisiert habe?"

Noél lachte leise und kam näher zu ihr. „Ich weiß es nicht, aber ich habe einen Verdacht."

„Und der wäre?"

„Es liegt an deinem süßen Blut", sagte er lächelnd, zog sie an sich und in einen Kuss.

„Wie, mein Blut?", fragte sie an seinen Lippen.

„Ich glaube, es liegt daran, dass ich von dir getrunken habe."

„Du meinst gestern Nacht?"

„Auch, aber eigentlich meinte ich die Nacht, wo ich zu viel erwischt hab." Ein Schatten huschte kurz über seine Augen und sie strich über seine Wange.

„Als der Zauber dich traf, war immer noch ein wenig von deinem Blut in mir. Das hat für kurze Zeit unsere Verbindung verstärkt."

„Du meinst, der Zauber konnte nicht unterscheiden, ob du Freund oder Feind bist?"

„Nein, ich denke mal, der Zauber kann das sehr wohl unterscheiden. Aber Morwenna hatte anscheinend recht, wer verbunden ist, dem schadet die Magie nicht."

„Ich frage mich, woher sie das wusste." Alicia nagte wieder an ihrer Unterlippe, eine Eigenheit, wenn sie nachdachte und die er unglaublich entzückend fand.

„Ich glaube, Morwenna hatte einen Vampir-Geliebten", sagte Noél leise. Alicia nickte, das ergab Sinn. Schließlich hob sie die Schultern und seufzte. „Das werden wir wohl erst erfahren, wenn sie sich wieder meldet."

„Genau", sagte Noél, ging zum Schalter für die Rollos und ließ die Sonne wieder ein.

„Aber bis dahin werden wir uns erst mal im Internet umsehen, was wir über Sonnenhexen finden können."

VII

Noél saß im Arbeitszimmer und korrigierte die Arbeiten seiner Studenten. Die Nachmittagssonne schien auf
die Tischplatte und wärmte seine Hand. Plötzlich
durchfuhr ihn ein brennender Schmerz und er ließ den
Stift fallen. Erschrocken wich er zurück und sah auf
seine Hand. Die Haut war stark gerötet und eine
Brandblase zeigte sich. Seufzend stand Noél auf, ging
zur Zimmertür und betätigte den Schalter für das
Außenrollo. Seine Augen gewöhnten sich rasch an das
Dämmerlicht im Zimmer und er ging zurück zu seinem
Arbeitsplatz. Nachdenklich betrachtete er seine Hand.
Die Blase hatte sich bereits wieder zurückgebildet und
auch die Rötung wurde schwächer. Die Immunisierung
gegen Sonnenlicht war also nicht dauerhaft.

„Noél?", fragte Alicia hinter ihm und er richtete
sich auf.

„Ja?"

„Wieso sitzt du hier im Dunkeln?" Ihre warme, fast
heiße Hand legte sich auf seine Schulter und er blickte
zu ihr hoch. Wortlos hob er seine Hand und sie sah auf
die Verbrennung hinab.

„Ach verdammt!", entfuhr es ihr.

„Halb so wild, Alicia."

„Ich hatte so gehofft, dass es auf Dauer sein
würde!" Noél stand auf und zog sie in seine Arme.

„Es ist okay, Alicia, wirklich."

„Aber wie kann ich dich dann gegen meine Magie schützen?"

„Hm." Er küsste sie. „Vielleicht brauche ich eine Auffrischung?"

„Du meinst, du brauchst mein Blut um wieder immun zu werden?"

„Nun, ich hab nicht nur dein Blut getrunken", sagte er leise und blickte ihr in die Augen. Sie wurde rot.

„Oh ... äh ... du meinst ..." Er unterbrach sie mit einem weiteren Kuss und richtete sich wieder auf.

„Ganz ehrlich, ich weiß es nicht! Aber offenbar stimmt meine erste Theorie nicht."

„Deine erste Theorie?"

„Ja, ich dachte ja, dass der Zauber sich auch auf mich ausgewirkt hat, weil noch etwas von deinem Blut in mir war."

„Ja stimmt!" Alicia strich über seine Arme hinauf. „Dann könntest du ja immer noch im Sonnenlicht baden." Sie löste sich von ihm und begann im Zimmer herumzugehen. Noél betrachtete sie lächelnd, ihm gefiel ihre Art, nachdenklich umherzuwandern.

Sie blieb stehen und sah ihn an. „Es hat sicher erst funktioniert, nachdem ich eine Hexe geworden bin."

„Ja", bestätigte er. „Und es hatte mit dem zu tun, was wir danach gemacht haben, bevor ich im Sonnenlicht aufgewacht bin."

Sie starrte ihn an. „Du meinst also, wir bekommen dich nur immunisiert, wenn wir Sex haben und du von mir trinkst?"

Noél lachte leise. „Also, ich persönlich glaube ja, dass dein Blut völlig ausreichend ist, aber gegen Sex hab ich auch nichts einzuwenden", meinte er und zwinkerte ihr schelmisch zu.

„Och du!" Noél schloss sie wieder in die Arme. „Ich denke, wir sollten ein Ausschließungsverfahren anwenden, was meinst du?"

„Du meinst ...?"

„Ja." Er küsste sie. „Ich meine, wir sollten zuerst das eine und dann das andere versuchen. Und dann sehen wir, was passiert." Sie wurde wieder rot und wand sich aus seinen Armen.

„Ich bin doch kein Versuchskaninchen!"

„Nein, das Versuchskaninchen bin wohl eher ich", gab er zu bedenken. „Aber ich bin trotzdem dafür, es zu testen."

„Aber du könntest verbrannt werden!"

„Ich muss ja nicht gleich voll und ganz in die Sonne gehen und kleine Verbrennungen heilen schnell wieder, sieh her." Er hob die Hand und sie blickte auf den Handrücken. Die Rötung war nun fast verschwunden.

„Na gut, aber wir müssen vorsichtig sein", stimmte sie schließlich zu. Er strich liebevoll über ihre Wange. „Wir werden sehr vorsichtig sein, ich möchte jetzt nicht mein Leben riskieren, wo ich dich für immer bei mir haben kann." Sie lächelte ihn an und küsste ihn. Eine Weile standen sie nur beieinander und genossen das Gefühl der Nähe. Schließlich löste Alicia sich wieder von ihm und sah zu ihm hoch.

„Ich hab übrigens mit der Magie gearbeitet. Sieh her!" Sie trat ein paar Schritte von ihm weg, dann konzentrierte sie sich auf ihre ausgestreckte Hand. Eine kleine Lichtkugel erschien, die schnell an Volumen zunahm und hell erstrahlte. Noél kniff die Augen zusammen, dann schloss seine Freundin die Finger um die Kugel und das Licht erstarb. Keuchend strahlte sie ihn an und er grinste.

„Siehst du? Du lernst, damit umzugehen!"

„Ja." Sie war immer noch ein wenig atemlos. „Aber es ist sehr anstrengend so ganz ohne Anleitung." Noél lachte leise, dann sah er zum Fenster. „Ich sollte so langsam in die Uni fahren." Sie küsste ihn noch einmal und lachte, als sie fester an sich zog.

„Noél! Du musst zur Arbeit!"

„Okay, okay!" Er kicherte an ihren Lippen. „Du bist so heiß, warst du den ganzen Tag in der Sonne?"

„Ja!" Sie betrachtete ihn nachdenklich. „Bin ich zu heiß für dich?"

„Nein, das könntest du nie sein." Er küsste sie noch einmal, dann packte er seine Sachen zusammen. Die Sonne war bereits untergegangen, als er sich auf den Weg zur Uni machte.

Ich stand am Fenster und blickte auf die nächtliche Straße hinaus. Wie immer, wenn ich Probleme wälzte, oder nachdenken musste, aß ich ein Eis. Ich weiß auch nicht warum, aber es half mir beim Denken. Ich grübelte über Noéls Theorie bezüglich seiner Abwehr des Sonnenlichts. Fakt war, dass er von mir getrunken hatte *nachdem* mich der Zauber erwischt hatte. Ich überlegte, ob er es getan hatte, weil ich nun unsterblich war. Denn eigentlich hatte er mir ja versprochen, mich erst wieder beim Sex zu beißen, wenn er bereit war mich zu wandeln. Und das war jetzt nicht mehr notwendig ...

Ich seufzte leise und leckte den Löffel ab. Noél hatte Recht, wir mussten wiederholen, was wir getan hatten, um zu sehen, ob der Effekt derselbe war. Und erst dann konnten wir entscheiden, wie wir weiter vorgehen sollten. Aber das war ein Problem, das relativ leicht gelöst werden konnte.

Der Druide war da schon ein weitaus größeres Problem. Wenn sogar Noél Respekt vor diesem Mann hatte, dann war es eine ernste Angelegenheit. Ich sah seine Reflexion in der Scheibe, noch bevor er die Arme um mich legte und mich auf den Hals küsste. Ich zog schnell den Löffel aus dem Mund und schluckte, dann drehte ich mich um und er lächelte mich an.

„Eis? Mitten in der Nacht?"

„Ich musste nachdenken", erwiderte ich und zuckte mit den Schultern.

„So so." Er küsste mich und schauderte, als ich meine kalte Zunge an seiner rieb. Plötzlich löste er sich von mir und blickte mich überrascht an.

„Noél? Was ist?" Er antwortete nicht, sondern griff nach dem Becher in meiner Hand und las die Aufschrift.

„So schmeckt also Schokolade!", rief er verblüfft aus. Ich konnte nicht anders, ich starrte ihn an.

62

„Wie bitte?", fragte ich entgeistert.

„Ich konnte das Eis in deinem Mund schmecken", sagte er verwirrt.

„Soll das heißen, du hast deinen Geschmackssinn wieder?"

„Den hatte ich nie verloren, sonst wüsste ich ja nicht, wie die einzelnen Blutgruppen schmecken. *Lebensmittel* hatten keinen Geschmack mehr für mich."

„Noél, wenn du Lebensmittel jetzt wieder schmecken kannst, dann ..." Ich sprach nicht weiter. Uns beiden war zur gleichen Zeit ein böser Verdacht gekommen. Noél drückte mir das Eis wieder in die Hand, ging zum Kühlschrank und holte eine Blutkonserve heraus. Nachdem er sie in der Mikrowelle aufgewärmt hatte, nahm er einen kleinen Schluck. Ich beobachtete ihn ängstlich. Er verzog das Gesicht.

„So schlimm?"

„Es ist auszuhalten, aber wirklich gut ist anders!" Noél betrachtete die Blutkonserve nachdenklich, dann sah er zu mir.

„Soll das heißen, du bist kein Vampir mehr?" Er fuhr die Fangzähne aus. „Doch, ich bin noch immer ein Vampir." Er griff nach einem Messer und schnitt sich in die Hand. Ein wenig Blut floss, dann schloss sich die Wunde und verheilte.

„Und ich kann mich immer noch heilen." Wieder sah er auf das Blut und griff erneut danach. Er probierte noch mal, dann legte er die Konserve weg.

„Alicia, gib mir ein wenig Sonnenlicht, bitte."

„Wofür ...?"

„Bitte, tu es einfach", forderte er leise. Ich seufzte, streckte die Hand aus und konzentrierte mich. Eine kleine Kugel Sonnenlicht erschien und Noél legte seine Hand darauf. Mit schmerzverzerrtem Gesicht zog er die Hand gleich wieder weg und ich ließ die Kugel erlöschen. Er starrte auf die Brandwunde in seiner Handfläche.

„Ich bin definitiv noch ein Vampir!" Er schloss kurz die Augen und die Brandwunde verschwand. Ich griff nach seiner Hand und sah ihm in die Augen.

„Aber wenn du kein Blut mehr trinken kannst, was machen wir denn dann?" Ich hatte jetzt wirklich Angst um ihn. Er würde verhungern und ich war dazu verdammt ihm dabei zuzusehen!

„Ich kann Blut trinken, die Frage ist nur, ob es auch den gleichen Nährwert hat, wie bisher." Er seufzte tief, dann sah er mir in die Augen. „Schmecken tut es mir auf jeden Fall nicht mehr."

„Und mein Blut?" Er betrachtete mich lange, dann beugte er sich zu mir. „Käme auf einen Versuch an."

Ich streckte mich hoch und legte den Kopf zur Seite. „Versuch es bitte." Einen Moment sah er mich noch an, dann fuhr er seine Fangzähne aus und griff nach mir. Der Schmerz war nur kurz zu spüren und schon nach dem ersten Schluck zog er mich noch näher an sich heran. Ich schloss die Augen. Es erregte mich zusehends, als er von mir trank. Er riss sich los und leckte zärtlich über die Bisswunde.

Atemlos hielt er mich fest. „Du schmeckst so süß

und heiß", hauchte er an meinem Haar und ich hätte fast vor Glück geweint. Ich klammerte mich an ihn und schluckte tapfer die Tränen hinunter. Er löste sich schließlich von mir und ich konnte sehen, wie die Sonne aus meinem Blut in seinen Augen strahlte.

„Es tut mir so leid", flüsterte ich, doch er küsste mich nur.

„Nichts braucht dir leidzutun, Alicia. Du kannst schließlich nichts dafür."

„Ich weiß, aber wenn wir gewusst hätten, wie der Zauber auf dich wirkt..."

„Hätte ich trotzdem irgendwann dein Blut getrunken", beendete er meinen Satz.

„Ich muss die Magie wirklich unter Kontrolle bringen!"

„Ja, aber zuerst gib mir doch bitte noch einmal Sonnenlicht." Ich sah ihn nachdenklich an, doch dann tat ich ihm den Gefallen. Er hielt mich immer noch im Arm, blickte auf die Lichtkugel in meiner Hand und griff danach. Diesmal zuckte er nicht weg, sondern legte seine Hand ganz auf meine und das Licht erstarb zwischen unseren Fingern. Ich sog hörbar die Luft ein. Er drehte seine Hand um und blickte auf die Handfläche. Sie war vollkommen unversehrt.

„So viel zur Theorie", hauchte er fasziniert. Ich bemühte mich, einen klaren Gedanken zu fassen. Noél wurde durch mich zu einer ganz neuen Art Vampir! Diese Erkenntnis traf mich mit voller Wucht und ich zuckte zusammen. Noél betrachtete mich besorgt. „Alles okay bei dir?"

„Nein", krächzte ich, löste mich von ihm und ging zum Fenster. Ich starrte mein eigens Spiegelbild an.

„Alicia?" Ich schloss die Augen, dann drehte ich mich um und sah ihn an. Seine bronzefarbenen Augen glühten wie zwei kleine Sonnen in der Nacht. Erst jetzt fiel mir auf, dass die ganze Wohnung dunkel war. Und trotzdem konnte ich ihn überdeutlich vor mir sehen! Das faszinierte mich am Meisten an meiner neuen Kraft.

„Alicia, was ist los?", fragte er jetzt eindeutig alarmiert.

„Ich ..., Noél, du wirst durch mich zu einem völlig neuen und ich fürchte einzigartigen Vampir", brachte ich schließlich heraus.

„Ja, das dachte ich mir schon."

„Du verstehst nicht!", fauchte ich. „Wenn mir etwas zustößt, dann stirbst auch du!" Er kam auf mich zu und sah mir ernst in die Augen.

„Mit diesem Wissen lebe ich, seit wir uns kennen", sagte er völlig ruhig.

„*WAS?*"

Er seufzte und schloss kurz die Augen, dann sah er mich an. „Als ich dich das erste Mal sah, da wusste ich, dass mit dir mein langes Leben zu Ende gehen würde." Er kam jetzt ganz nah zu mir. „Ich wusste, dass ich mein Leben beenden würde, wenn du stirbst."

„Noél ...", begann ich, doch er legte mir den Finger an die Lippen. „Nein. Ich möchte nicht, dass du dir den Kopf darüber zerbrichst. Ich wollte nur, dass du es weißt."

„Heißt das, du hättest mich niemals zu einen Vampir gemacht?"

„Ganz ehrlich? Ich weiß es nicht!", gab er zu. „Aber es ist nun nicht mehr wichtig, jetzt, da du unsterblich bist."

„Aber ..." Ich stoppte. Ich war unsterblich! Das hieß, dass er sein langes Leben nicht beenden musste. Nicht zwingend, es sei denn ...

„Noél? Wie tötet man einen Unsterblichen?"

Er zog die Brauen zusammen. „Alicia, so schlimm ist das doch wirklich nicht, du brauchst nicht ..."

„Was? Nein! Das meinte ich doch gar nicht!" Ich griff nach seiner Hand. „Ich hatte nicht vor uns Beide um die Ecke zu bringen!"

„Sondern?"

„Na zum Beispiel einen unsterblichen Druiden!"

Er atmete tief ein. „Alicia ..."

„Noél, bitte beantworte mir einfach nur die Frage!"

„Kopf ab und dann verbrennen. Das ist die sicherste Methode", schnappte er verstimmt.

„Und? Hast du das damals versucht?"

„Nein, ich wusste nicht, dass er unsterblich ist. Das hat er irgendwie vor mir verborgen!" Es klang immer noch ein wenig gekränkt.

Ich legte meine Hand an seine Wange, seine Haut war abgekühlt. Er hatte nicht genug getrunken. Mit einer unwirschen Kopfbewegung entzog er sich mir.

„Noél, du hast Hunger, stimmt's?"

„Nein!" Er wandte sich um und ging ins Schlafzimmer. Ich seufzte leise und folgte ihm schließlich.

„Noél?" Er stand am Fenster und drehte sich nicht um, ich ging langsam heran.

„Liebster?", hauchte ich. Er atmete tief ein, dann drehte er sich um.

„Alicia, das ist für mich auch nicht einfach, weißt du? Ich muss mich plötzlich auf ganz neue Bedingungen einstellen. Und ich hab irgendwie das Gefühl, dass es für dich nur ein Spiel ist. So was wie ein Rollenspiel, aber wir sind hier, Alicia. Du bist jetzt ein unsterbliches, magisches Wesen und ich versuche, dir zu helfen. Aber ich hab den Eindruck, dass du alles abschmetterst, was ich dir anbiete." Der Ausbruch kam völlig unerwartet. Ich starrte ihn an, so hatte er noch nie mit mir gesprochen!

„Ich weiß, dass es kein Spiel ist, Noél", sagte ich langsam und wählte meine Worte mit Bedacht. „Es ist nur einfacher für mich, damit klarzukommen, wenn ich nicht ganz so intensiv darüber nachgrübele." Ich griff nach seinen Händen. „Ich wollte dich mit meinen Worten nicht verletzen, es tut mir leid. Ich ... Mir kommen nur momentan immer wieder neue Ideen und Fragen in den Kopf und die muss ich dann auch gleich loswerden. Wenn ich länger über all das nachdenke, was in den vergangenen Tagen geschehen ist, dann werde ich irr." Er strich mit den Daumen über meine Finger und ich trat ganz nah an ihn heran. „Ich brauche dich, Noél. Du bist der einzige Unsterbliche, den ich kenne, der alt genug ist und mir helfen kann." Ich fühlte seine Nähe und ich sehnte mich danach mich an ihn zu lehnen. Er blickte mich lange an, dann nickte er langsam und breitete die Arme aus.

„Ach komm her, mein unergründliches, sprung-
haftes, kleines Mädchen!", sagte er leise und zog mich
an sich.

„Ich dachte, wir wollten nach dem Ausschließungsverfahren vorgehen", sagte ich eine geraume
Weile später, nachdem ich wieder zu Atem gekommen
war. Noél lachte leise und strich über meinen Arm. Ich
lag entspannt auf seiner Brust und malte wieder einmal
mit dem Finger Muster auf seinen Bauch.

„Wir wissen doch schon, dass es an deinem Blut
liegt", sagte er leise. Er war jetzt richtig warm und ich
lächelte vor mich hin, dann sah ich auf die Uhr am
Nachttisch.

„Okay, es ist jetzt halb drei morgens. Ich bin
gespannt, wie lange mein Blut diesmal anhält." Ich
richtete mich auf und sah ihn an. „Diesmal hast du
ganz ordentlich getankt, mein Lieber!"

„Na ja, ich war echt hungrig!" Seine Augen strahlten in einem derart intensiven goldbraun, dass es schon
fast wehtat.

„Ein Glück, dass ich unsterblich bin!", seufzte ich,
sank wieder auf seine Brust und schlief schließlich ein,
noch während sein leises Lachen seine Brust
angenehm vibrieren ließ.

Noél sah auf die Uhr, fast sechs Uhr abends und er
saß immer noch im Freien. Er lächelte versonnen vor
sich hin. Ja, diesmal hielt Alicias Blut wirklich lange

69

an.

„Na du?", fragte Alicia, die gerade auf den Balkon kam und ihn betrachtete.

„Hi!" Er sah zu ihr hoch und sie küsste ihn.

„Wie gehen die Studien voran?", wollte er wissen, als sie sich neben ihn setzte.

„Ich hatte keine Ahnung, wie viele sich als Sonnenhexe bezeichnen und dann nur einen Esoterikladen betreiben!", stöhnte Alicia leise.

„Hast du schon mal in den Foren geschaut?"

„Ja, auch, aber das ist noch mühsamer!" Sie blickte einen Moment auf den Park vor dem Balkon, dann sah sie zu ihm.

„Ich dachte schon daran, ein eigenes Forum zu eröffnen."

„Ist eine gute Idee", meinte er mit einem Nicken. „Aber sei gewarnt, solche Foren locken auch einige Verrückte an."

„Ja, das ist mir klar!" Sie sah ihn an. „Meinst du, es könnte auch den Druiden anlocken?" Noél dachte kurz darüber nach. „Schon möglich." Er seufzte. „Ich muss langsam zu meiner Vorlesung." Er blickte ihr in die Augen. „Wann gehst *du* wieder zur Uni?" Alicia öffnete den Mund, besann sich dann anders und wich seinem Blick aus, er nickte. „Verstehe."

„Noél, es ist nicht so, wie du jetzt vielleicht denkst!"

„Was denke ich denn?"

„Du denkst, dass ich hinschmeiße, weil ich jetzt unsterblich bin."

„Und? Tust du es deswegen?" Alicia blickte auf ihre Hände hinab, dann schüttelte sie den Kopf und sah zu ihm. „Ich habe mich beurlauben lassen, Noél. Ich muss erst mal mit der Magie klarkommen." Sie blickte in seine leuchtenden Augen. „Und ich muss damit klarkommen, was sich für uns geändert hat."

„Alicia ...", begann er, doch sie schüttelte den Kopf. „Nein, es ist okay. Aber ich brauche ein wenig Zeit, verstehst du?" Er nickte, ja, er verstand sie gut. Ihm selbst war es nicht anders ergangen, doch er war damals allein gewesen, als er unsterblich geworden war. Er griff nach ihrer Hand und sah sie ernst an. „Wann immer ich dir helfen kann, dann sag es einfach, okay?" Sie nickte dankbar. „Okay!" Eine Weile blieb sie noch bei ihm sitzen, dann stand sie auf und ging wieder ins Wohnzimmer. Noél blickte ihr nachdenklich hinterher. Schließlich seufzte er und wandte sich wieder den Arbeiten seiner Studenten zu.

Ein Schrei schreckte ihn auf und er lief ins Wohnzimmer. Alicia stand dort und hielt einen großen Feuerball in ihren Händen. Ganz offensichtlich hatte sie Schwierigkeiten, denn Ball wieder zu verkleinern. Noél ging zu ihr und legte, ohne viel darüber nachzudenken, seine Hände auf ihre und sah ihr in die Augen.

„Du schaffst das, Alicia", hauchte er und sie sah ihn an. Die Anstrengung zeigte sich vor allem in ihrem verkrampften Kiefer. Sie kniff die Augen zusammen und konzentrierte sich, doch dann schüttelte sie den Kopf.

„Es geht nicht!", rief sie und Noéls Hände drückten automatisch zu. Er hielt ihren Blick gefangen und seine Augen leuchteten auf, als er ihre Hände und damit den Lichtball einfach zusammenschob, bis das Licht schließlich erstarb. Keuchend blickten beide auf ihre Hände hinab und dann wieder hoch.

„Wie hast du das gemacht?", wollte Alicia wissen.

„Ganz ehrlich?" Noél blickte in ihre Augen. „Ich hab keine Ahnung!" Alicia sah ihn nachdenklich an. Sie konnte fühlen, dass seine Hände merklich abgekühlt waren und auch seine Augen leuchteten nicht mehr so hell wie vorhin.

„Du hast deine Energie benutzt, um mir zu helfen", flüsterte sie und er fuhr zurück.

„Wie bitte?"

Sie hob ihre Hand und strich über seine Wange. „Du bist jetzt kälter und die Intensität deiner Augen hat abgenommen."

Noél überlegte kurz, dann stellte er fest, dass sie recht hatte.

„Okay. Ich weiß noch nicht, ob das gut oder schlecht ist", begann er langsam, dann griff er nach ihren Händen und sah ihr direkt in die Augen. „Versprich mir, dass du mit weiteren Übungen wartest, bis ich wieder bei dir bin!"

„Ja, ich verspreche es. Das vorhin war nicht wirklich lustig!" Noél zog sie an sich und betete inständig, dass sie sich auch wirklich daran halten würde. Schließlich kannte er seine Freundin nun schon lange genug.

VIII

Morwenna! Könntest du dich bitte aus unserem Schlafzimmer fernhalten!, fauchte ich und Morwenna lachte leise.

Aber wieso denn? Ihr zwei seid wirklich zu süß anzuschauen! Sie warf einen ziemlich langen Blick auf das Bett, in dem ich mit Noél lag. Ich sah auch hin und musste schließlich lächeln. Wann hatte man schon die Gelegenheit, sich und seinen Partner beim Schlafen zu beobachten? Ich hatte mich an seine Brust gekuschelt und er hatte einen Arm um mich gelegt. Die wesentlichen Teile waren unter der Decke versteckt.

Okay, aber deshalb bist du nicht hier, oder? Ich verschränkte die Arme vor der Brust, weil ich ja nichts anhatte. Plötzlich hüllte mich ein Kimono ein und ich zuckte zusammen.

Huch!, entfuhr es mir und Morwenna begann zu lachen. Dann schüttelte sie den Kopf und wurde ernst.

Ich bin hier um mit dir über die Sonnenmagie zu sprechen.

Ja, ich versuche, zu lernen damit umzugehen, aber es ist nicht leicht und es verändert Noél.

Es macht was? Es klang überrascht und ich blickte hoch, während ich das Band um meinen Kimono festzog.

Es verändert Noél, wiederholte ich und sie zog die

Brauen zusammen.

Inwiefern?

Nun ja, er kann neuerdings in die Sonne gehen.

Er kann was? Morwenna war ehrlich schockiert.

Und er kann die Sonnenmagie eindämmen.

Morwenna starrte mich an, dann sah sie zum Bett und atmete tief ein.

Ich fürchte, mein Zauberspruch hat die Magie total verändert! Sie wandte sich zu mir. *Nichts von alledem sollte sein!*

Heißt das, dein Vampir blieb einfach nur ein Vampir, auch wenn er mal von dir getrunken hat?

Woher ...?, begann sie, doch dann hob sie die Hand. *Ist nicht wichtig! Und ja, er blieb einfach nur ein Vampir, nicht auszudenken, was geschehen wäre, hätte die Magie das damals schon gekonnt, was sie offenbar jetzt kann.* Sie begann grübelnd auf und ab zu wandern, dann blieb sie vor mir stehen.

Du sagtest, er musste dir helfen, die Magie einzudämmen?

Ja, sie ist manchmal viel zu stark für mich.

Nein, nein, nein! Morwenna stampfte tatsächlich mit dem Fuß auf. *Du musst herausfinden, wer deine Ahnen waren! Es kann nicht nur an meinem Zauberspruch liegen.*

Tja das wird schwierig werden, meine Eltern reden nämlich nicht mehr viel mit mir, weil mein Vampir aus meinem Bruder auch einen Vampir gemacht hat!, sagte ich ärgerlich. *Und davon abgesehen, glaube ich, dass du mir noch ein paar Erklärungen schuldig bist!* Morwenna starrte mich erneut an, dann nickte sie langsam.

Okay, was möchtest du wissen?

Warum wollten die Vampire deinen Tod?

Morwenna atmete tief ein. *Mein Vampir war der Vorsitzende des Rates und als er meiner überdrüssig wurde, da suchte er sich eine neue Gespielin. Und die habe ich mit der Magie getötet.*

Morwenna!, rief ich schockiert.

Sie hat mir meinen Mann gestohlen! Sie war böse!

Morwenna, das ist doch nicht wahr! Oder war sie auch eine Hexe?

Nein.

Eine Druidin?

Nein.

Ein Vampir?

Auch nicht.

Also einfach nur eine menschliche Frau?

Ja. Es klang zerknirscht.

Und du wunderst dich, warum du hingerichtet wurdest?

Sie fuhr zu mir herum: *Wage es ja nicht, über mich zu richten! Nur weil du jetzt meine Magie hast, heißt das noch lange nicht, dass du stärker bist, als ...* Sie verstummte und starrte mich an. Ich konnte fühlen, wie sich etwas in mir regte, das bis jetzt nur schwach präsent gewesen war. Ihr Angriff provozierte etwas in mir und dieses Etwas begann nun zu erwachen.

Großer Gott, Alicia! Was ist das?

Deine Magie, sagte ich leise, doch sie schüttelte den Kopf.

75

Nein, das ist nicht mehr nur meine Magie. Oh verdammt! Der Zauberspruch muss total fehlgeschlagen sein! Sie starrte in meine Augen. Ich konnte die Angst darin erkennen.

Morwenna, hilf mir!, hauchte ich, doch sie wich zurück.

Ich kann dir nicht helfen! Es tut mir leid!

Mit Grauen sah ich sie verschwinden. Sie ließ mich einfach allein. Doch ich war nicht allein. Dieses Etwas in mir drängte sich in mein Bewusstsein und zum allerersten Mal, seit ich im Krankenhaus zu mir gekommen war, sah ich ihn. Er war groß und bestand nur aus Flammen und weißglühenden Augen. Jetzt öffnete er sein Maul und fauchte mich an. Flammen stoben in mein Gehirn und brannten sich in mich. Der Feuerdrache war erwacht und forderte seinen Platz in meinem Bewusstsein und in meinem Körper ein.

Ich erwachte mit einem Schrei in Noéls Armen. Er zuckte kurz zusammen, als meine heiße Haut ihn berührte. Dann drehte er sich herum, umarmte mich fest und zog mich in einen leidenschaftlichen Kuss. Ich klammerte mich an ihn und konnte nur noch das Brüllen in mir hören und fühlen. Und dann, ebenso plötzlich, wie er gekommen war, zog sich der Drache wieder zurück und die Flammen erloschen langsam.

Wir lagen keuchend da, unfähig uns zu bewegen. Noél war merklich abgekühlt, fast schon kalt. Ich atmete zitternd und tief ein und konnte sein Zittern ebenfalls fühlen. Er öffnete die Augen und sah mich an.

76

„Was war das?", keuchte er.

„Das ..." Ich schluckte. „Das war mein Feuer-drache."

„Dein *was*?"

„Ich nenne ihn jetzt einfach so." Ich versuchte immer noch, zu Atem zu kommen. „Es ist einfacher, wenn ich ein Bild von der Kraft habe, die da in mir haust."

„Oh Mann!", stöhnte Noél und ließ seinen Kopf an meine Schulter sinken. „Mir brummt der Schädel!"

„Noél, du bist ganz kalt", flüsterte ich und strich durch seine Haare.

Er seufzte. „Das Vieh hat meine Energie fast kom-plett geschluckt!" Ich lächelte, mein liebster Noél begann schon wieder damit, sich auf diese neue Situ-ation einzustellen. Ich war immer wieder überrascht, wie schnell das bei ihm ging. Behutsam zog ich ihn näher an meinen, vom Drachen noch erhitzten Körper heran und streichelte durch seine Haare. Seine Lippen lagen nun an meinem Hals und ich konnte seinen warmen Atem über meiner Pulsader spüren, kurz bevor er mich biss. Ein Schauder lief über meinen Rücken, als er in tiefen Zügen mein Blut trank. Ich fühlte, wie die Wärme in seinen Körper zurückströmte und emp-fand fast Bedauern, als er aufhörte und meine Wunde mit einem Kuss wieder verschloss.

„Hast du schon genug", hauchte ich an seinem Hals. Er schüttelte den Kopf. „Nein, aber um mich dreht sich schon alles. Ich muss das langsam wieder aufbauen." Er war offenbar nicht gewillt, mich loszulassen, und auch ich hielt ihn noch fest. Irgendwie hielt uns der Drache noch immer gefangen. Noél küsste meinen Hals und entfachte kleine, angenehme Feuer. Bald entwickelten sich die Feuer zu einem Flächenbrand. Ich fand mich in einem ekstatischen Inferno wieder, das er allein durch seine Berührungen und Bewegungen immer weiter steigerte. Ich umklammerte ihn mit meinen Armen und Beinen. Hielt seinen heißen Körper in meinem gefangen. Ich ließ auch nicht los, als er uns beide mit seinen letzten, wilden Stößen an den Abgrund und dann darüber hinaus führte. Die Dunkelheit um uns zerstob in einem Funkenregen und ich bemerkte gar nicht mehr richtig, dass er wieder von mir trank.

„Noél, du glühst!", sagte ich tags darauf. Wir saßen im Wohnzimmer auf der Couch. Er lachte leise. „Und das wundert dich jetzt?"

„Ja, es tut fast schon weh, dir in die Augen zu sehen!"

„Ist es jetzt besser?", fragte er und sah mich weiterhin an. Meine Augen wurden groß. „Wie hast du das gemacht?"

„Ich hab geübt." Er zuckte mit den Schultern. „Ist alles eine Frage der Konzentration, aber es ist auf Dauer sehr anstrengend." Er konnte tatsächlich seine Augen dimmen! Jetzt hob er die Abdunkelung auf und seine Augen strahlten wieder.

„Und was kannst du sonst noch, von dem ich noch nichts weiß?"

78

Er betrachtete mich nachdenklich. „Offenbar kann ich deinen Drachen bändigen."

„Aber es hat dich sehr viel Energie gekostet."

„Ja, das hat es."

„Woher wusstest du eigentlich, was du machen musst?"

„Keine Ahnung, ehrlich! Irgendwie hat mein Körper instinktiv auf den Drachen reagiert."

„Du meinst ..."

„Ich meine, dass unsere Verbindung dafür gesorgt hat, dass ich das Richtige tue."

„Noél ..." Ich seufzte, doch er legte seinen Finger an meine Lippen. „Alicia, ich weiß, du glaubst nicht an dieses Seelending, aber wie sonst kannst du dir unsere Verbindung denn dann erklären?"

„Na ja, ich würde es Liebe nennen."

„Ja, Liebe ist hilfreich, aber was auch immer das für eine Magie da in dir ist, irgendwie kann mein Vampirkörper deine Kraft umwandeln und neutralisieren. Und ich glaube, das geht nur, weil wir schon lange verbunden sind." Ich betrachtete ihn nachdenklich. So, wie er das sagte, klang es echt logisch. Noél küsste mich zärtlich, dann griff er in seine Hosentasche und ließ sich auf ein Knie herab. Ich schnappte nach Luft. Er griff nach meinen Händen und lächelte mich an.

„Alicia, ich weiß, ich hätte das schon vor langer Zeit tun sollen. Ich liebe dich und ich möchte auf immer und ewig mit dir zusammen sein. Willst du meine Frau werden?" Ich starrte ihn an, diesen

Moment hatte ich mir immer und immer wieder vorgestellt. Schließlich nickte ich, weil ich fürchtete, dass mir meine Stimme versagen würde.

„Ja, ich liebe dich schon so lange, Noél! Ja, ich will deine Frau werden!" Er lachte glücklich und zog mich in seine Arme, dann griff er wieder nach meiner Hand und steckte mir einen Ring an den Finger. Es war ein einfacher, silbern glänzender, weißgoldener Reif, ohne jeden Schnickschnack. Er war einfach nur wunderschön. Ich zog ihn an mich und küsste ihn leidenschaftlich. Noél legte seine Arme fester um mich und vermutlich hätte sich mehr daraus ergeben, wenn es nicht an der Tür geklopft hätte. Einigermaßen unwillig trennten wir uns voneinander und Noél öffnete die Tür. Sean und Zefira standen davor und blickten in die lichtdurchflutete Wohnung.

„Wir müssen reden", sagte Sean bestimmt und Noél nickte langsam, dann griff er nach dem Schalter für das Außenrollo und ließ die beiden herein. Zefira war schon längst bei mir und betrachtete mich nachdenklich. „Geht's dir gut?"

„Ja!" Ich lächelte, dann zeigte ich ihr verstohlen meine Hand. Sie griff nach dem Ring an meinem Finger und stieß einen Schrei aus. Sean fuhr herum und Noél lächelte vor sich hin.

„Ist das ein Verlobungsring?", wollte Sean wissen.

„Ja, Noél hat mich eben gefragt!" Ich lächelte meinen Bruder an, doch der drehte sich nur zu Noél um.

„Warum jetzt?"

„Was meinst du damit?", wollte Noél leise wissen.

„Nach all den Jahren, warum gerade jetzt?"

„Weil es an der Zeit war."

„Und es hat nichts damit zu tun, dass du plötzlich an die Sonne gehen kannst?"

„Nein."

„Kommt!", sagte ich in die Runde. „Setzen wir uns doch!" Alle ließen sich nieder.

„Alicia, was ist mit dir los?", fragte Sean gerade heraus.

„Es geht mir gut", erwiderte ich ausweichend.

„Und wenn das so ist, warum gehst du dann nicht mehr zur Uni?"

„Ich hab mich beurlauben lassen."

„Beurlauben? Wofür denn?"

„Sean, lass das!", fuhr Noél dazwischen. Sean sah Noél an.

„Zu dir komm ich noch!", fauchte er. „Ihr beiden igelt euch hier ein und wir bekommen euch fast vier Wochen nicht zu Gesicht! Das letzte Mal hast du mit einem Feuerball nach mir geworfen und dann erzählt mir Zefira, dass du nicht mehr zur Uni gehst! Ich will jetzt auf der Stelle wissen, was hier los ist!"

„Sean ...", begann ich und knetete nervös meine Hände, bis Noél danach griff und beruhigend mit dem Daumen über meine Finger strich.

„Der Blitzschlag hat aus mir eine Hexe gemacht", sagte ich leise und sowohl Sean, als auch Zefira richteten sich auf.

„Eine Hexe?", fragte Zefira skeptisch.

„Ja, ich weiß, wie sich das anhört, aber ich bin jetzt eine Sonnenhexe."

„Das sagtest du schon beim letzten Mal!" Sean sah zu Noél. „Und ihr bleibt weiterhin dabei, dass das auch der Grund ist, warum du plötzlich Sonnenlicht verträgst?", fragte er Noél.

„Ja, Alicias Blut hat sich verändert."

„Moment mal! Du trinkst von meiner Schwester?", fauchte Sean.

„Ja", stellte Noél einfach so fest und Sean stand kurz davor, zu explodieren.

„Wie lange schon?"

„Wie lange schon was?", fragte Noél provokant.

„Wie lange trinkst du schon von ihr?"

„Was tut das jetzt zur Sache?"

„Beantworte mir die Frage!"

„Du warst dabei, als ich das erste Mal von ihr getrunken habe", erinnerte Noél ihn an jene Nacht in San Francisco, wo die Vampire des Generals Noél fast komplett ausgesaugt hätten.

„Ja, das war ein Notfall", wiegelte Sean ab. „Aber seit wann trinkst du regelmäßig von ihr?"

„Seit die Magie sie unsterblich gemacht hat." Diese einfache Feststellung sorgte für weit aufgerissene Augen und Münder bei Zefira und Sean.

„*WAS?*", fragten beide gleichzeitig.

„Die Magie, die ich an Beltane absorbiert habe, hat mich unsterblich werden lassen", sagte ich ruhig.

„Und was hat das mit dem Bluttrinken zu tun?", fragte Zefira, die sich erstaunlich schnell wieder gefangen hatte.

„Noél kann mich nicht umbringen, sollte er mal zu viel trinken."

„Ist das schon passiert?"

„Sean, was sollen diese ganzen Fragen? Und warum ist es relevant für dich, dass Noél mein Blut trinkt?"

„Es ist ..." Sean wand sich. „Es ist gefährlich, weil damit ja auch die Wandlung herbeigeführt wird."

„Ja, aber für mich ist es nicht mehr gefährlich", gab ich zu bedenken. Sean nickte langsam, dann räusperte er sich.

„Du bist jetzt also eine Hexe?", wechselte er das Thema.

„Sieht so aus, ja."

„Und deshalb hast du dich beurlauben lassen?"

„Ich hab die Magie noch immer nicht unter Kontrolle, Sean." Er nickte, an den Lichtball erinnerte er sich noch sehr gut.

„Können wir irgendwie helfen?", fragte er schließlich.

„Ihr könntet unsere Trauzeugen sein", warf Noél ein und grinste mich an. Ich hätte mir schon denken können, dass mein Vampir mich, sobald er die Frage aller Fragen gestellt hatte, praktisch sofort heiraten wollte. Sean zog die Brauen zusammen. „Wieso muss das so schnell gehen?"

„Och na ja, weißt du, Alicia ist schwanger und ich möchte nicht, dass das Kind unehelich geboren wird", flachste Noél und ich boxte ihm grinsend in den Arm.

Zefira sah mich an: „Er verarscht uns gerade, oder? Du bist nicht wirklich schwanger?"

„Nein, Zefira, das große Kind hier wird mein einziges bleiben!"

Noél lachte und küsste mich, dann sah er die beiden an. Sean blickte zu Zefira und die nickte lächelnd, Sean seufzte ergeben. „Okay, wann soll denn der große Tag sein?"

„Wir geben euch Bescheid, sobald wir einen Termin haben", sagte ich schnell, bevor Noél noch irgendetwas Übermütiges sagen konnte. Ich schrieb diesen neuen Zug an ihm dem Zuviel an Sonnenlicht zu.

IX

„Auf immer, Alicia", sagte Noél leise und griff nach dem Ring an meiner Hand.

„Und ewig, Noél", flüsterte ich und griff nach seinem Ring. Er küsste mich liebevoll. Ich kuschelte mich an ihn.

Die Behördenwege hatten uns einiges abverlangt und Noél hatte ein paar seiner Kontakte spielen lassen müssen. Es war nicht ganz so einfach, als Amerikaner in Wien zu heiraten. Die Trauung selbst war dann eher nüchtern gewesen. Ein Standesamt, Sean und Zefira und der Standesbeamte. Danach waren wir zu viert in ein Lokal gegangen und hatten mit Wein auf unseren Bund angestoßen.

Und hier waren wir nun zurück in unserer Wohnung: verheiratet. Unsterblich. Die Hexe und ihr Vampir!

Die Ringe hatten wir mit eben jenem Teil des Zauberspruches gravieren lassen, der mir ein ewiges Leben an Noéls Seite ermöglichte. Ich knabberte an seinem Kinn und er lächelte.

„Warum hab ich das nicht schon früher gemacht?", fragte er leise.

„Du warst noch nicht bereit für mich!" Ich kicherte an seinem Hals. Er streckte sich, damit ich besser an sein Ohr herankam. Ich lachte leise und biss ihn zärtlich in sein Ohrläppchen. Er zuckte leicht zusammen. Ich löste meine Hand aus seiner und schob mich über ihn. Seine warmen Hände glitten über meinen Rücken und ich schauderte.

„Man sollte meinen, du hättest vorhin schon genug gehabt."

„Sieht das so aus?", fragte ich und neckte seine Lippen mit meiner Zunge. Er schnappte mit den Lippen nach mir, doch ich wich ihm aus. Als er sich wieder zurücksinken ließ, blickte ich ihm in die Augen.

„Müde?"

„Mhm", machte er unbestimmt, griff nach meinen Hüften und schob mich ein Stück an sich hinab.

„Sieht das so aus?", fragte er schelmisch, wohl wissend, dass sich die Spitze seines erigierten Penis zuckend an meinem Hintern rieb.

„Oh Mon dieu!", rief ich mit übertrieben französischem Akzent aus. „Der ist aber wirklich zu groß für mich, Monseigneur!"

„Ach ja?", hauchte er und richtete sich langsam auf. Ich fühlte sehr deutlich, wie seine Bauchmuskeln sich anspannten. Je weiter er sich aufrichtete, umso weiter rutschte ich nach unten. Noél schnappte nach Luft, als ich nach seinem besten Stück griff und ihm kurzerhand den Weg zeigte. Er schloss kurz die Augen und genoss ganz offenbar das Gefühl, als er gemächlich in mich eindrang. Ich biss mir auf die Unterlippe. Die Empfindung, wie er mich langsam dehnte und sich seinen Weg in meine Tiefen suchte, war unbeschreiblich. Noél richtete sich komplett auf, zog die Beine in den Schneidersitz und griff nach meinen Beinen.

„Was tust du da?", keuchte ich.

„Ich will, dass du mich mit deinen Beinen umschlingst", flüsterte er und ich tat es. Dadurch rutschte ich noch ein Stück tiefer und er noch ein Stück weiter in mich hinein. Er küsste mich hingebungsvoll.

„Ich kann mich nicht bewegen", hauchte ich atemlos.

„Das musst du auch nicht", flüsterte er geheimnisvoll an meinem Hals. Seine Hände strichen zu meinen Brüsten und dann beugte er sich hinab und umwarb meine Brustwarzen mit seinen Lippen.

„Noél, bitte!"

„Noch nicht."

Seine Zähne strichen über meine Haut und den Hals. Wieder küsste er mich mit verschwenderischer Geduld und Leidenschaft. Ich wollte mich bewegen. Ich wollte, dass er sich in mir bewegte. Doch noch ließ er sich Zeit. Ich kreiste versuchsweise mit meinem Becken und keuchte auf. Die Gefühle, die er in mir auslöste, nur durch seine bloße Anwesenheit in meinem Körper, waren unbeschreiblich.

„Du kannst dich ja doch bewegen", hauchte er lächelnd an meinen Lippen.

„Ja. Oh ja!", stöhnte ich und ließ entzückt mein Becken weiter um ihn kreisen. Seine Küsse wurden jetzt hungriger, verzehrender. Er sehnte sich danach, mein Blut in sich aufzunehmen. Seine starken Hände legten sich um meine Hüfte und hoben mich so spielerisch hoch, dass ich kurz die Luft anhielt. Als er mich wieder hinabgleiten ließ, wusste ich, dass ein weiterer Stoß mein Ende einläuten würde. Noél war unerbittlich, jetzt, wo er die Bewegungen übernommen hatte, trieb er uns beide unablässig voran. Ich zog ihn in einen leidenschaftlichen Zungenkuss und grub meine Nägel rhythmisch in seine Schultern. Noch einmal hob er mich hoch, ganz hoch, und dann schob er mich heftig auf sich hinab. Ich schrie auf und mein Körper bog sich zurück, als die Welt um mich herum auseinanderflog. Meine Muskeln zogen sich um ihn zusammen und ich konnte ihn meinen Namen schreien hören. Dann zog er mich an sich und schlug seine Zähne in meine Brust. Eine Welle der Ekstase nach der anderen rollte über mich hinweg, während er, noch zuckend in mir gefangen, gierig von mir trank.

Lange Zeit bewegten wir uns gar nicht. Wir umarmten uns einfach nur und versuchten, wieder zu Atem zu kommen.

„La petit morte", hauchte Noél leise an meiner Brust und ich lächelte mit geschlossenen Augen.

„Wie gut, dass wir unsterblich sind!" Er lachte und richtete sich auf. Ich sog scharf die Luft ein und biss mir auf die Unterlippe.

„Pass auf, was du tust! Du steckst schließlich in mir drin." Er lachte immer noch, hob mich vorsichtig von sich herab und legte mich neben sich auf das Bett. Dann entspannte er langsam seine langen Beine und kam zu mir.

„Wie machst du das nur?", fragte ich ihn und kuschelte mich an seine Schulter.

„Was denn?"

„Mich einfach so herumheben."

„Vampire sind nun mal stärker als Menschen."

„Und ich bin dir wirklich nicht zu schwer?"

„Hattest du eben den Eindruck?" Er rollte sich herum und sah mir in die Augen. „Ich liebe dich, wie du bist. Du brauchst dir meinetwegen keine Gedanken wegen deiner Kurven zu machen!" Er grinste. „Die sind nämlich äußerst reizvoll." Er küsste meinen Protest einfach weg, legte sich wieder hin und zog mich an sich. Die Diskussion war für ihn damit beendet.

X

„Alicia?"

„Hm?" Es klang abwesend. Noél grinste und sah zu seiner Frau hinüber. Sie saß an ihrem Computer und las offenbar gerade einen interessanten Artikel.

„Ich hab grad erfahren, dass meine Vorlesung heut ausfällt!"

„Aha."

„Wir können also den ganzen Tag wilden Sex haben!"

„Ja, okay."

Noél begann zu lachen, erst da blickte seine Frau hoch und sah ihn verwirrt an.

„Noél? Was ist?"

„Du hast mir jetzt überhaupt nicht zugehört, oder?" Er kicherte immer noch. Alicia starrte ihn an. „Nein, sorry, was wolltest du denn?"

„Meine Vorlesung ist ausgefallen und ich dachte, wir könnten etwas zusammen unternehmen."

„Hey, das klingt toll!" Alicia lächelte ihn an. „Aber deshalb hast du nicht so gelacht, oder?" Noél kam zu ihr und sah ihr in die Augen.

„Nein, weil du nicht zugehört hast, hab ich dir vorgeschlagen, den ganzen Tag wilden Sex zu haben!"

„Ach du!" Alicia wurde rot und er küsste sie.

„Nicht, dass ich dem abgeneigt wäre", hauchte er an

90

ihren Lippen. „Aber ich würde dich trotzdem gerne mal aus dieser Wohnung rausholen."

„Okay." Sie lächelte ihn an. „Und an was hast du gedacht?"

„Hm, wie wär's mit einem kleinen Spaziergang durch die jüngere Geschichte Wiens?"

„Aber ja, Herr Professor, das wäre toll!"

Noél lachte leise. Sie betrachtete ihn nachdenklich. „Hast du für so einen Ausflug auch genug getrunken?"

Noél überlegte kurz und nickte dann: „Ja, ich denke schon." Alicia drehte ihren Computer ab und ging ins Schlafzimmer, um sich umzuziehen. Noél lächelte ihr hinterher und schaltete auch seinen Laptop aus.

„Also, Herr Professor, was möchten Sie mir denn zeigen?" Noél griff lachend nach ihrer Hand.

„Mach nur weiter so, kleines, freches Mädchen, dann verspreche ich dir das volle Programm!"

„Oh ja, Herr Professor! Bitte das volle Programm!" Noél blieb stehen, zog sie an sich und küsste sie leidenschaftlich. Alicia kicherte. „Machst du das mit allen deinen Studenten so?"

„Nein, nur mit denen, die ganz besonders frech zu mir sind!" Er küsste sie noch einmal kurz, dann griff er wieder nach ihrer Hand. „Und jetzt komm!" Sie fuhren mit der U-Bahn in die innere Stadt und gingen über den Stephansplatz bis zum hohen Markt. Vor der großen Ankeruhr blieben sie stehen und sahen hinauf.

„Die ist ja cool", hauchte Alicia. „Wieso ist mir die

noch nie aufgefallen?"

„Weil du meistens nach unten schaust", flachste Noél. „Außer du blickst zu mir hoch!" Er zwinkerte ihr zu. Sie boxte ihm grinsend in den Arm.

„Diese Uhr wurde 1915 fertiggestellt. Sie war eine Auftragsarbeit einer Versicherungsgesellschaft."

„Wow, das ist alt!" Noél hatte sich hinter Alicia gestellt, damit sie die Uhr besser betrachten konnte. Jetzt schlang er die Arme um sie.

„Alt? Ich war dabei, als die Orgelanlage am 2. Dezember 1914 in Betrieb genommen wurde", flüsterte er ihr ins Ohr. Alicia kicherte leise. „Du bist ja *auch* alt!" Er biss sie leicht ins Ohr.

„Der Erbauer war übrigens Franz Matsch, ein Schulkollege von Gustav Klimt."

„*Der* sagt mir was."

„Na das will ich doch hoffen! Gustav war wirklich bemerkenswert!" Alicia sah ihn kurz an, dann blickte sie wieder zu der Uhr hinüber. „Wie funktioniert die eigentlich?"

„Das ist eine sogenannte Linearuhr. Eine Kette bewegt eine Figur eine Stunde lang über eine Skala und am Ende wird sie von der nächsten Figur abgelöst. Die römische Zahl über der Figur kennzeichnet die jeweilige Stunde. Immer um zwölf Uhr ziehen dann alle zwölf Figuren vorüber. Dazu erklingt Musik. Man muss aber auch sagen, dass die Uhr nicht immer sehr pünktlich ist."

„Klingt kompliziert." Alicia lehnte sich an ihren Mann.

92

„Alles halb so schlimm, sieh hin." Es war gerade kurz nach zwölf Uhr geworden. Als die Musik erklang, durchwanderten die Figuren gemächlich ihre Runde. Erst jetzt fiel Alicia auf, dass sie inmitten einer Ansammlung von Touristen standen, die ganz begeistert Videos von der Uhr machten. Sie lächelte und strich über die Hände ihres Mannes. Die Musik endete und die Figuren standen wieder still. Noél atmete tief ein und griff nach Alicias Hand. Er zog sie näher an die Uhr heran und zeigte ihr auch noch die großen Figuren, die die Brückenuhr hielten: Adam, Eva, Teufel und Engel. Alicia kam aus dem Staunen nicht heraus.

„Bereit, noch mehr zu sehen?", wollte ihr Mann wissen und streckte die Hand aus. Sie nickte lächelnd und griff nach seiner Hand.

Noél führte sie kreuz und quer durch die Stadt und zeigte ihr die hohe Brücke an der Wipplinger Straße. Die Engel-Apotheke von Oskar Laske in der Bognergasse und das Artaria-Haus von Max Fabiani.

„Noél?"

„Hm?"

„Was haben diese Bauten alle gemeinsam?"

„Wie kommst du darauf, dass sie etwas gemeinsam haben?"

„Sagen wir mal, ich kenn dich schon recht gut und du bist an schönen Kirchen und Prachtbauten einfach so vorbeigegangen ..." Noél lachte. „Ich bin ein absoluter Fan der Jugendstilzeit hier in Wien!", gab er zu.

„Und das sind alles Jugenstilbauten gewesen?"

„Oh, sie sind es immer noch." Er zwinkerte ihr zu und sie blickte ihn böse an.

„Du weißt, was ich meine!", knurrte sie und er lächelte sie an, dann küsste er sie. „Ja, das weiß ich doch." Er sah sie kurz an: „Möchtest du noch mehr sehen, oder hast du schon genug für heute?"

„Ich würde gerne noch mehr sehen, aber bitte nicht mehr heute! Die Sonne geht schon unter und meine Füße tun mir weh!"

„Oh, mein armes Mädchen!" Noél griff wieder nach ihrer Hand. „Na dann würde ich vorschlagen, dass wir jetzt langsam heimgehen."

„Ja bitte!" Sie schenkte ihm ihr schönstes Lächeln und Noél lachte leise.

Zwei Tage später waren sie dann wieder unterwegs. Diesmal entlang einer anderen U-Bahnlinie. Sie fuhren mit der U4 zum Karlsplatz und Noél zeigte ihr den Otto Wagner Pavillon.

„So langsam verstehe ich, was dir an diesem Baustil gefällt!"

„Ja, nicht wahr? Otto war ein absolutes Genie!" Alicia grinste. „Du hast ihn wirklich gekannt, oder?"

„Ich kannte sie alle, Alicia. Es war eine sehr interessante Zeit hier in Wien." Er griff wieder nach ihrer Hand. „Aber das wirklich schönste Bauwerk kommt erst noch!" Noél zog sie über den Karlsplatz und durch den Bärendurchgang hinüber zur Sezession. Sie blieben auf der anderen Straßenseite stehen und betrachteten das Gebäude.

Der Zeit ihre Kunst, der Kunst ihre Freiheit, stand in goldenen Lettern unter der Kuppel aus goldenen Blättern.

„Früher haben die Wiener diesen Bau liebevoll *Krauthappel* genannt, weil sich die Blätter an der Kuppel grün gefärbt hatten", erzählte Noél. Alicia lachte leise, sie hatte sich noch immer nicht ganz an die Eigenarten der Wiener Sprache gewöhnt.

„Mit Sezession bezeichnet man eigentlich die Wiener Variante des Jugendstils. Künstler wie Gustav Klimt, Koloman Moser, Max Kurzweil und viele andere haben die Sezession 1897 gegründet. 1898 wurde dann dieses Ausstellungsgebäude nach den Entwürfen von Joseph Maria Olbrich erbaut." Noél sah zu seiner Frau. „Der war übrigens ein Schüler von Otto Wagner."

„Aha." Alicia grinste ihn an, als er eine Braue hochzog. Noél räusperte sich. „Der Einfachheit halber bezeichneten die Wiener das Haus kurz als *die Sezession*. Und so nennen sie es heute noch."

„Noél?"

„Hm?"

„Wie oft warst du eigentlich schon hier in Wien?"

„Jetzt bin ich das dritte Mal hier." Sie schlenderten über den Naschmarkt. Noél blieb immer wieder stehen, um zu probieren oder an Gewürzen zu riechen. Alicia lächelte schwach. Seit er die Sonnenenergie mit ihr teilte, blühte er förmlich auf. Manchmal erkannte sie ihn fast nicht wieder, wenn er mit exotischen Gewürzen heimkam und ihr erzählte, dass sie ihn an seine Kindheit und Jugend in der französischen Champagne erinnerten.

Dort war Noél im sechzehnten Jahrhundert auf die Welt gekommen und aufgewachsen.

Dort hatte er in bescheidenen Verhältnissen mit seiner kleinen Familie gelebt.

Und dort war er von einem Vampir gewandelt worden.

Darüber sprach er nicht gerne. Um genau zu sein, hatte er erst einmal mit ihr darüber gesprochen.

„Wien hat etwas Magisches an sich", sagte er jetzt lächelnd in ihre Gedanken hinein. Alicia verkrampfte sich und er blieb stehen.

„Oh, Alicia, entschuldige, ich wollte nicht ..." Er zog sie an sich und drückte sie fest. „Es tut mir so leid!"

„Noél, du erdrückst mich!", murmelte Alicia an seiner Brust. Er lockerte seinen Griff und sah ihr in die Augen. „Ich ..."

„Noél, es ist okay, ich komme damit klar, ehrlich!" Er seufzte leise, legte einen Arm um ihre Schulter und führte sie weiter über den Markt.

„Erzähl mir von damals", flüsterte ich an seiner Brust. Er strich zärtlich über meinen Arm hinauf zur Schulter. Es war längst Nacht, doch irgendwie wollte der Schlaf nicht kommen.

„Was möchtest du denn hören?"

96

„Erzähl mir vom Jugendstil und von den Menschen hier in Wien." Noél überlegte kurz und atmete schließlich tief ein.

„Ende des neunzehnten Jahrhunderts herrschte eine große Aufbruchsstimmung in Wien. Literatur, Malerei, Baukunst und Musik erreichten eine wahre Hochblüte. Wien war das kulturelle Zentrum in Mitteleuropa. Es war eine Mischung aus fünfzehn Nationen, die alle unter einem Herrscherhaus vereint waren. Die Ringstraße wurde errichtet und all die Prachtbauten, die heute dort stehen. Otto Wagner plante ab 1894 den Bau der Stadtbahn und bildete viele der namhaften Künstler in der Akademie der bildenden Künste, seiner *Wagner-Schule*, aus. Sie stammten aus den verschiedensten Ecken des Reiches und bauten die schönsten Jugendstilbauten hier in Wien und im Reich."

„Das war damals noch ein Kaiserreich, richtig?"

„Ja, Kaiser Franz Josef I. regierte es von 1848-1916."

„Hast du ihn kennengelernt?"

Noél lachte leise. „Nein, so weit ging mein Einfluss nun doch nicht. Und ich hielt schon damals nicht viel davon, mich in die Geschicke der Menschen einzumischen. Es gab Vampire, die sich zu Beratern der Herrscher machten. Mich interessierten dagegen von jeher schon mehr die bildenden Künste und vor allem die Architekturen der einzelnen Epochen. Ich hing mit den Künstlern in den Cafés der Stadt herum. Lauschte den Komponisten und den Dichtern und verfolgte die Entstehung der zahlreichen Bauten in der Stadt."

„Wann hast du Wien verlassen?"

„Ende 1914. Ich wollte einfach nicht in den Krieg verwickelt werden. Ich war 1848 aus Frankreich abgereist, als dort die Revolution begann und so hielt ich es auch in Wien. Leider konnte ich dadurch die Fertigstellung der Kirche am Steinhof nicht mehr miterleben."

„Auch ein Bau von deinem Freund?"

„Ja."

„Möchtest du dort hingehen?"

„Nein."

Wir schwiegen eine Weile. Noél hatte in seinem langen Leben von vielen Freunden Abschied nehmen müssen. Dass sie in ihren Bauwerken, Bildern und Musikstücken, aber auch in der Literatur weiterlebten, war für ihn ein kleiner Trost.

„Noél?"

„Hm?"

„Warum möchtest du dir die Kirche am Steinhof nicht ansehen?"

Noél schwieg lange, dann seufzte er schließlich.

„Im zweiten Weltkrieg sind dort rund um die Kirche auf dem sogenannten Spiegelgrund zu viele unaussprechlich grausame Dinge geschehen." Er drehte sich zu mir herum, legte einen Arm um mich und schmiegte sich an meine Schulter. Mehr würde er dazu nicht mehr sagen, dazu kannte ich ihn schon zu gut.

Ich strich nachdenklich durch seine Haare. Wenn selbst ein alter Vampir wie Noél, der wirklich schon viele Dinge gesehen hatte, nicht aussprechen konnte, was geschehen war. Dann war es wohl wirklich unaussprechlich gewesen. Ich verstand, warum er nicht dorthin wollte. Er wollte seinen Freund in guter Erinnerung behalten. Wollte dessen Bauwerke so sehen, wie sie gedacht waren. Und nicht das, was die Geschichte aus ihnen gemacht hatte.

„Wohin bist du dann gereist?", fragte ich leise nach einer Weile.

„In die neue Welt."

Ich richtete mich auf und sah auf ihn hinab.

„Ehrlich? Du warst davor noch nie in Amerika?"

„Nein."

Ich kuschelte mich wieder an seine Brust und er schlang einen Arm um mich.

„Ich hatte von einer internationalen Messe gehört, die in San Francisco stattfinden sollte. Und so entschied ich, dort hinzureisen. Es war erstaunlich wie wenig man von der Erdbeben- und Brandkatastrophe von 1906 noch sah. Als ich von Bord des Kreuzfahrtschiffes ging, da wusste ich, dass ich meine neue Heimat gefunden hatte."

„Und von da an hast du dort gewohnt?"

„Ja." Er begann wieder damit, mir gedankenverloren über den Arm zu streichen.

„Ich fand eine kleine Villa, die zwar etwas mitgenommen wirkte, aber sie gefiel mir auf Anhieb. Sie passte irgendwie zu mir. Also kaufte ich das Häuschen und richtete es her. Und ich richtete mein Leben neu ein. Ich hielt mich von Frauen fern, da ich, wie du ja weißt, kein Glück mit ihnen gehabt hatte. Und da ich nicht durch Liebschaften abgelenkt wurde, verfolgte ich die technischen Entwicklungen in der neuen Welt, die geradezu rasend schnell erfolgten. Irgendwann begann ich dann damit Zeitgeschichte und Architektur zu unterrichten.

Und 2005 hörte ich den leisen, aber sehr deutlichen Wunsch einer jungen Frau, dem ich einfach nicht widerstehen konnte ..." Ich lächelte an seiner Brust und strich mit dem Finger liebevoll über seine Haut.

„Ein sehr leichtsinniger Wunsch, rückwirkend betrachtet."

„Ja, aber trotz allem bin ich froh, dass du mich erwählt hast." Ich hob den Kopf.

„*Ich* habe *dich* erwählt? War das nicht eher umgekehrt?"

„Nein, Liebes, du hättest jeden nehmen können, aber du bist mit mir gegangen."

Ich richtete mich nun ganz auf und stützte mich auf seiner Brust ab.

„Du warst aber auch richtig unwiderstehlich!" Ich fuhr lächelnd seine Lippen mit meinem Finger nach. „Und du warst der Einzige, der mir sicheres Geleit angeboten hat, ohne dafür einen Blutzoll zu fordern."

„Ja, was soll ich sagen?" Er lächelte mich an und strich mit den Händen über meine Arme hoch.

„Ich wollte dich haben." Er griff nach meinem Gesicht und küsste mich. „Um jeden Preis!"

Ich lächelte, als er mich erneut und diesmal mit verschwenderischer Geduld und beginnender Leidenschaft küsste.

„Erzähl mir von San Francisco", bat ich eine Woche später. Noél blickte mich überrascht an. Wir saßen auf dem Balkon und genossen die Abendsonne.

„Was soll ich dir denn erzählen? Du hast doch dort gewohnt?"

„Ich meinte das San Francisco, das du 1915 kennengelernt hast", erklärte ich lächelnd.

„Bist du sicher, dass du nicht nur nach einer Ablenkung suchst?", wollte er augenzwinkernd wissen.

„Nein", sagte ich viel zu schnell und spürte die Hitze in meine Wangen steigen, als er fragend eine Braue hob.

„Na gut", seufzte ich. „Aber nicht nur!"

Er lachte leise und legte die Prüfungsunterlagen weg, an denen er gerade arbeitete.

„Also, was möchtest du denn wissen?"

„Wie war das damals? Du hast gesagt, du wolltest dir eine Ausstellung ansehen."

„Ja, das war einer der Gründe, warum ich ausgerechnet nach San Francisco gefahren bin."

„Hast du damals schon Noél Cadeau geheißen?"

„Nein."

„Wie oft hast du deinen Namen eigentlich gewechselt?"

„Willst du jetzt über meine Namen, oder über San Francisco reden?", fragte er belustigt und ich grinste. Er wich mir ganz offensichtlich aus, was seinen Namen anging!

„San Francisco", sagte ich mit einem verliebten Augenaufschlag in seine Richtung. Noél schüttelte grinsend den Kopf.

„Als ich im Jänner 1915 ankam, da war die Weltausstellung noch gar nicht eröffnet und es wurde immer noch gebaut. So hatte ich Zeit, mich mit der Stadt vertraut zu machen. Und auch nach einer besseren Bleibe, als dem Bordell zu suchen, in dem ich damals wohnte."

„Moment!" Ich starrte ihn entrüstet an. „Du hast in einem Bordell gewohnt?"

„Es war billig und es hat keinen gestört, wenn ich nur in der Nacht kam und ging", erklärte er schulterzuckend.

„Klar! Und es gab willige Damen, die du jederzeit anzapfen konntest!" Ich grinste frech.

„Aw, Kleines!" Ich konnte ein schelmisches Funkeln in seinen Augen erkennen. „Bist du am Ende doch noch eifersüchtig?"

„Wäre das schlimm?" Nicht, dass ich tatsächlich eifersüchtig war, es interessierte mich nur.

„Ich empfand Eifersucht immer als unnötig", sagte er leise und ließ mich nicht aus den Augen. „Entweder man vertraut sich, dann gibt es keinen Grund dafür. Oder man vertraut sich nicht, dann sollte man sich allerdings trennen, weil sich das nach meiner Erfahrung auch nicht ändern wird."

„Noél, ich bin nicht eifersüchtig." Ich griff nach seiner Hand und blickte ihn an. „Das war ich noch nie, aber ..."

„Aber?"

„Aber, wenn sich jemals eine Frau an dich ranschmeißt, dann bekommt sie es mit mir zu tun!", erklärte ich lachend. Noél kicherte und küsste meine Hand.

„Hoffen wir mal, dass keine Frau das jemals wagen wird!" Seine Augen blitzten mich amüsiert an.

Ich sprang hoch, lief um den Tisch herum und warf mich auf ihn. Noél fing mich ab und küsste mich, während er mich auf seinen Schoß setzte. Eine geraume Weile schmusten wir einfach nur herum, dann wurde es doch etwas kalt, als die Sonne unterging.

„Kann es sein, dass du nicht über San Francisco reden willst?", fragte ich atemlos und er lachte leise neben mir. Wir hatten unsere Schmuserei vom Balkon in die Wohnung verlegt und waren in weiterer Folge natürlich im Bett gelandet.

„Warum willst du das überhaupt wissen?", er hatte den Kopf gedreht und sah mich an. Ich rollte mich auf die Seite und stopfte mein Kissen unter meinem Kopf zurecht.

„Es interessiert mich, wie du damals gelebt hast. Im Grunde weiß ich nicht wirklich viel von dir."

Noél drehte sich nun auch auf die Seite und sah mich nachdenklich an.

„Wenn ich dir jetzt schon alles von mir erzähle, dann haben wir doch in den Jahrzehnten, die kommen werden keinen Gesprächsstoff mehr!"

„Ich kann mir nicht vorstellen, dass uns jemals der

Gesprächsstoff ausgehen wird", sagte ich lächelnd und strich mit dem Finger über seine Lippen. Er küsste meinen Finger und griff dann nach meiner Hand.

„San Francisco war zum Teil noch immer mit dem Aufbau nach dem verheerenden Erdbeben beschäftigt. Im Großen und Ganzen hatte sich die Stadt aber schon wieder erholt. Das war auch einer der Gründe der Weltausstellung. Sie wollten der Welt präsentieren, dass San Francisco das Erdbeben überstanden hatte."

„Und welchen Grund gab es noch?"

„Nun, im Jahr 1914 war der Panamakanal fertiggestellt worden. Und auch das wurde bei der Weltausstellung gebührend gefeiert." Noél lachte leise in der Erinnerung. „Die haben dort auf dem Gelände sogar einen kleinen Panamakanal nachgebaut und man konnte mit kleinen Schiffen durch fahren."

„Bist du auch gefahren?"

„Natürlich! Es war nicht der echte Kanal aber gut gemacht."

„Wo war die Weltausstellung eigentlich?"

„Kannst du dich noch an den Marina District erinnern?"

„Ja."

„Auf dem ganzen Gebiet war damals die Weltausstellung."

„Wow! Ganz schön groß!"

„Ja, das war's. Und dann haben sie alles abgebaut, als das Jahr vorbei war."

„Die Ausstellung ging über ein ganzes Jahr?"

„Ja. Na ja, nicht ganz. Sie begann im Februar und

endete im Dezember."

„Ich kann mich an eine Ruine erinnern, die dort steht. Weißt du, was das für ein Gebäude ist?"

„Ja, das ist der Palace of fine Arts. Er stand in der Weltausstellung und wurde absichtlich nicht abgerissen. Er sollte eigentlich zu einer Ruine zerfallen, aber er wird immer wieder renoviert." Noél lächelte mich an. „Selbst Ruinen brauchen Pflege."

Ich lachte leise und küsste ihn liebevoll. „Als Kind war ich immer wieder dort mit meinen Eltern spazieren", flüsterte ich und wurde plötzlich traurig. Es war schon wieder zu lange her, dass ich mit meiner Mutter telefoniert hatte. Noél zog mich zu sich heran.

„Das ist einer der Gründe, warum ich nicht gerne mit dir über San Francisco spreche", hauchte er in meinen Haaren. Ich schniefte leise und versuchte die Tränen zu unterdrücken.

„Du kannst mich nicht vor allem beschützen, Noél. Ich werde irgendwann darüber hinweg kommen und dann tut es auch nicht mehr weh, daran zu denken."

„Ach, mein Engel!" Er seufzte und schloss mich ganz fest in seine Arme. „Wenn ich könnte, dann würde ich dich gerne vor allen Sorgen dieser Welt beschützen. Aber ich weiß, dass ich das nicht kann." Ich lächelte an seiner Brust und der Schmerz über die Trennung verflog ebenso schnell, wie er gekommen war.

Das Gebäude schimmerte in der Abendsonne und spiegelte sich im See davor. Wie ein Tempel aus längst vergangener Zeit ragten die Säulen zum Himmel hinauf.

Ein kleines Mädchen lief zwischen den Säulen herum und tanzte mit einem roten Flugdrachen in der Hand. Sie sprang übermütig hinunter zum See und lief am Ufer entlang. Der Flugdrache flatterte in der Luft hinter ihr her und drehte sich immer wieder im Kreis.

Ehrfürchtig blieb sie vor dem großen Tempel in der Mitte des Säulenganges stehen und schlich näher heran. Sie griff nach dem Drachen und hielt ihn jetzt wie einen Schild vor sich, als sie mit großen Augen in den Schatten hineintrat. Die Kuppel wölbte sich wie ein Himmel über ihr und sie kam aus dem Staunen nicht mehr heraus.

Der Mann hatte sich tiefer in die Schatten zurückgezogen und beobachtete das Mädchen. Er konnte nicht sagen, warum ihn ausgerechnet dieses Kind so interessierte.

Viele Kinder spielten an diesem Ort.

Viele Familien und Menschen kamen hierher.

Was war an diesem Mädchen also anders?

Er seufzte, ein Rätsel, das auch sein altes Gehirn nicht lösen konnte. Ihm waren wirklich schon öfter merkwürdige Dinge passiert, in den Jahrhunderten, die er nun schon lebte. Aber aus irgendeinem Grund fand er dieses Mädchen anziehend. Er seufzte verhalten, trat hinaus in den Schatten einer Säule und zündete sich einen Zigarillo an.

Sie blieb stehen, als sie das leise Klicken des Feuerzeugs hörte und sah den großen, schwarz gekleideten Mann im Schatten der Säulen stehen. Er bemerkte sie scheinbar nicht, stand einfach nur da und betrachtete die Sonne, die dunkelrot unterging. Nur gelegentlich hob er die Hand an die Lippen und eine dünne Rauchfahne stieg auf. Fasziniert trat das Mädchen näher heran. Irgendetwas an dem Mann zog sie magisch an.

„Ach hier bist du!", rief ihr Bruder plötzlich neben ihr und sie zuckte zusammen. Der schlaksige Junge kam heran und griff nach der Hand seiner Schwester.

„Komm endlich! Mom und Dad warten schon auf dich!", sagte er und zog sie hinter sich her.

Das kleine Mädchen drehte sich noch einmal zu dem Fremden um. Er stand immer noch neben der Säule. Sein langer Mantel und die langen Haare flatterten im Wind. Er sah sie nun direkt an und im Licht des sterbenden Tages leuchteten seine Augen bronzefarben auf ...

Ich schoss aus dem Schlaf in die Höhe und blieb, nach Atem ringend, sitzen.

„Alicia?", fragte Noél alarmiert neben mir und ich starrte ihn an.

„Du!", hauchte ich leise.

„Was ...?" Er war verwirrt.

„Du warst da! Du hast mich in der Ruine gesehen!", keuchte ich fassungslos. Noél setzte sich vollends auf und blickte mich ruhig an.

„Du hast es *gewusst*?", hauchte ich.

„Ja", sagte er einfach nur.

107

„Noél, warum hast du mir das nicht gesagt?"

„Weil es keinen Unterschied gemacht hätte!"

Ich konnte es nicht glauben! Ich war meinem Vampir schon als kleines Kind begegnet! Möglicherweise kam daher auch meine Faszination für die dunklen Wesen. Im Gegensatz zu anderen Kindern hatte ich nie Angst vor dem schwarzen Mann gehabt.

„Noél! Du hättest es mir sagen müssen!"

„Warum?"

„Na, weil ..." Ja, warum eigentlich? Wir waren auch so zusammen gekommen. Er betrachtete mich nachdenklich, dann atmete er tief ein.

„Ich hatte dich aus den Augen verloren. Und dann hast du dir einen Vampir zu Weihnachten gewünscht. Ich gebe zu, ich bin nichts ahnend deinem Ruf gefolgt. Wie so manch anderer Vampir." Er lächelte schwach in der Erinnerung, dann blickte er mir in die Augen. „Schon an der Tür bemerkte ich dich, noch bevor ich dich sah!"

Wir saßen uns auf dem Bett gegenüber und starrten uns an.

„Morwenna sagte, dass wir verbunden sind ... meinst du, das Schicksal führte uns zusammen?"

„Ich glaube nicht an das Schicksal", erwiderte er trocken. „Es ist eine Tatsache, dass wir uns in der Ruine damals begegnet sind!"

„Noél ..."

„Alicia, es gibt kein Schicksal! Nur eine Aneinanderreihung von Ereignissen, die zu einem bestimmten Ergebnis führen."

108

„Aber an irgendeinem Punkt in der Vergangenheit müssen unsere Lebenswege getrennt worden sein. Morwenna sagte etwas von Seelenverwandtschaft ...“

Er blickte mich nachdenklich an. „Alicia, du hast es noch nicht verstanden ...“

„Doch! Morwenna sagte ...“

„Hör auf mit Morwenna!“, fauchte er und seine Augen leuchteten hell auf. „*Du* bist meine Seelengefährtin!“

Ich zuckte zusammen. „Ich will es doch nur verstehen, wann ...“

Noél wandte sich wortlos ab und ging nach draußen. Erschrocken blickte ich ihm hinterher. Morwennas kryptischer Satz geisterte wieder durch meine Gedanken: *weil eure Seelen schon lange eins sind. Er wusste das von Anfang an ...*

Die Erkenntnis traf mich wie ein Schlag! Plötzlich verstand ich ihn! Seit dem Tag in der Ruine war er mein Seelengefährte! Das war der Punkt in der Vergangenheit! Ich stand auf, warf ein Bigshirt über und schlich ihm nach.

Noél stand am Fenster und schaute in die Nacht hinaus. Alicia kam leise zu ihm und blieb neben ihm stehen. Noch berührte sie ihn nicht, aber er konnte ihre Wärme fühlen. Noél schloss kurz die Augen, atmete tief ein und wandte sich zu ihr.

„Ich glaube, ich verstehe es jetzt“, begann sie leise. „Du musstest mich damals gehen lassen, weil ich noch viel zu jung für dich war.“

„Ja."

„Und in der Bar war ich eigentlich immer noch zu jung."

„Ja. Aber ich konnte dich da nicht noch einmal verlassen. Nicht bei all den Vampiren, die dein Wunsch angelockt hat."

„Du warst der sprichwörtliche schwarze Mann in der Ruine!"

Er lächelte schwach. „Schon damals hattest du keine Angst vor mir!"

„Ich hatte in der Bar Angst vor dir!"

„Aber nur ganz kurz." Noél sah sie jetzt liebevoll an und strich ihr eine Haarsträhne aus dem Gesicht. „Du hattest damals dunkelbraune Haare, die rötlich geschimmert haben."

„Ja, die Farbe hatte ich schon ewig nicht mehr!" Sie lächelte ihn an, dann wurde sie ernst. „Noél, warum hast du mir damals in der Bar nicht gesagt, dass wir verbunden sind?"

„Du hättest es nicht verstanden!"

Sie öffnete den Mund und schloss ihn wieder.

„Im Grunde bin ich immer noch zu jung für dich", hauchte sie leise und senkte den Blick. Er schob einen Finger unter ihr Kinn und hob es an.

„Alicia, du bist meine Seelengefährtin. Das warst du von dem Moment an, als wir uns in der Ruine begegnet sind. Und ja, du bist immer noch zu jung für die Ewigkeit. Aber das ist nun nicht mehr zu ändern! Und ich wollte das auch gar nicht ändern, selbst wenn ich es könnte."

110

„Ich wünschte, ich hätte es früher gewusst", flüsterte sie.

„Um was zu tun?"

„Ich weiß nicht, vielleicht ..."

„Alicia ..." Er zog sie an sich. „Du weißt es jetzt! Wir werden sehen, was die Zukunft daraus macht!"

Sie blickte zu ihm hoch. Er beugte sich hinab und küsste sie. Sie schlang die Arme um seinen Nacken und der Kuss wurde leidenschaftlicher. Er hob sie hoch und setzte sie auf den Tisch.

„Noél!"

Er streifte ihr das Shirt ab, hielt sie fest und drängte sich zwischen ihre Beine. Alicia stöhnte auf, als er in sie eindrang. Er hielt keuchend inne und sah sie an. Sie strich mit ihrem Finger über seine Wange, dann zog sie ihn an sich und in einen heftigen Zungenkuss. Ihre Schenkel pressten sich an seine Hüften, als er sich in ihr bewegte, während seine Lippen ihre immer wieder hungrig küssten. Sie klammerte sich an seine Schultern und schloss die Augen. Seine Bewegungen wurden jetzt heftiger, drängender und seine Finger gruben sich in ihre Schenkel hinein.

Sie schrie an seinen Lippen auf, als er sie zum Höhepunkt brachte und dann schrie sie noch einmal mit ihm, als er ihr folgte. Er löste seine Finger, umarmte sie, biss sie in den Hals und nahm ihr feuriges Blut in sich auf.

XI

Wien, September 2010

Noél betrat die Wohnung und sah sich um. Die Sonne war bereits vor längerer Zeit untergegangen, doch die Hitze des Tages ließ jetzt erst langsam nach. Er legte seine Sachen ab, holte sich ein Glas Wasser aus der Küche und ging auf den Balkon hinaus. Lächelnd sah er seine Frau dort mit ihrem Tablet sitzen. Sie war so konzentriert, dass sie ihn gar nicht bemerkte. Er blieb stehen und beobachtete, wie sie tippte und dann über den Bildschirm wischte. Wieder tippte sie und lächelte. Noél ging leise näher und setzte sich in den freien Sessel. Erst als er das Glas laut auf dem Tisch abstellte, ruckte ihr Kopf hoch.

„Noél! Seit wann bist du schon hier?"

„Gerade erst gekommen", sagte er lächelnd. Er beugte sich zu ihr und küsste sie zärtlich.

„Und?", fragte er dann. „Heute etwas Interessantes gefunden?"

„Ich hab eine Hexe kennengelernt!"

„Eine Hexe?" Er hob eine Braue.

„Ja, diesmal bin ich sicher, dass sie tatsächlich eine ist."

„Und was macht dich so sicher?"

Alicia lächelte ihn an. „Sieh her." Sie streckte die Hand aus und blies eine kleine Sonnenkugel darauf. Er sah sie mit leicht schräg gelegtem Kopf an. „Das konntest du doch schon!"

„Ja, aber die Hexe hat mir gezeigt, was ich mit den Kugeln machen kann, hier." Sie zog die Hand unter der Kugel weg. Das war tatsächlich neu! Alicia strahlte ihn an und zeigte mit einem Finger auf die Kugel. Dann bewegte sie den Finger und die Kugel bewegte sich wie von Geisterhand mit.

„Okay, das ist definitiv neu", gab Noél zu. „Aber das hättest du auch noch herausgefunden!"

„Ich weiß, aber nicht in der kurzen Zeit." Alicia öffnete die Hand und die Kugel wurde größer, als sie die Hand schloss, verschwand die Kugel. Sie setzte sich bequemer hin und schüttelte ihre Hände aus.

„Ich bin beeindruckt! Hat die Hexe auch einen Namen?"

„Moira, und sie ist eine Mondhexe."

„Ist das nicht ein bisschen etwas anderes, als du bist?"

„Nein, wir sind beide Lichthexen. Wir nutzen nur unterschiedliche Quellen."

„Aha." Noél drehte nachdenklich das Glas auf dem Tisch. „Und das alles hast du heute gelernt?", fragte er lauernd.

„Nein ...", sagte sie gedehnt. „Ich kenne Moira jetzt schon seit einem Monat", gab sie zu.

„Alicia ..." Er seufzte. „Wir waren uns doch einig, dass wir uns alles sagen!"

„Ja, bitte entschuldige, aber ich hatte so viele Fehlgriffe in letzter Zeit, ich wollte einfach wirklich sicher sein, bevor ich es dir sage."

„Okay." Er setzte sich auf und sah ihr in die Augen. „Aber sei bitte vorsichtig, ja?"

„Okay."

Noél nickte und lehnte sich zurück. „Ich hab übrigens nachgedacht."

„Worüber denn?"

„Über dieses Feuerwesen in dir."

„Und?"

„Könnte es nicht einfach auch ein Phönix sein?"

„Du meinst wegen der Asche von Morwennas Scheiterhaufen?"

„Ja."

„Nein Noél, was immer da in mir erwacht ist, es ist kein Vogel."

„Hm ..." Noél seufzte. „Zu schade, dass wir Morwenna nicht mehr fragen können, wann sie verbrannt wurde."

„Wieso ist das wichtig?"

„Alle sechzig Jahre gibt es in der chinesischen Astrologie ein Jahr des Feuerdrachen."

„Ist das dein Ernst?" Sie starrte ihn entgeistert an.

„Ja." Er deutete auf ihr Tablet. „Sieh doch einfach nach!" Alicia griff nach dem Computer und starrte schließlich auf den Bildschirm.

„Ach herrje! Du hast recht!" Sie sah kurz zu ihm und er lächelte kopfschüttelnd. Alicia rechnete schnell nach, dann schüttelte sie den Kopf. „Heuer war kein solches Jahr." Sie blickte hoch und nagte an ihrer Unterlippe.

„Ich wünschte, ich könnte noch einmal mit Morwenna sprechen.“

„Ich nicht, ich finde dieses außerhalb des Körpers Ding, was du da manchmal machst ziemlich verstörend, ehrlich gesagt.“ Alicia sah lächelnd zu ihm hinüber. „Dich stört doch nur, dass Morwenna immer im Schlafzimmer auftaucht!“

„Ja, das vor allem. Unser Schlafzimmer ist ein heiliger Ort.“

„Noél! Echt jetzt?“

„Wo wohnt diese Hexe eigentlich?“, versuchte er abzulenken. Alicia ließ es zu.

„Sie wohnt mit ihrer Familie in einem kleinen, verschlafenen Städtchen in Nova Scotia.“

„Okay, das ist aber verdammt weit weg!“

„Ich weiß, aber ihre Tipps sind wichtig, Noél.“

„Das ist mir klar.“ Ich betrachtete ihn nachdenklich.

„Noél?“

„Hm?“

„Ist es schlimm für dich, dass ich jetzt eine Hexe bin?“

„Nein, aber du musst sehr gut auf dich acht geben, vor allem wegen dieses flammenden Ungeheuers in dir.“

„Ich weiß.“ Alicia blickte auf den Park hinaus. „Meinst du, ich sollte Moira davon erzählen?“

„Von dem Drachen?“

„Ja.“

„Einstweilen noch nicht. Sieh erst mal, in welche Richtung sich eure Beziehung entwickelt.“

„Okay. Noél?"

„Ja?"

„Wie war es eigentlich für dich nach der Bändigung mein Blut zu trinken?"

„Warum willst du das wissen?"

„War ich heißer? Feuriger? Hab ich anders geschmeckt?"

Noél lachte. „Es brannte bei jedem Schluck!", flachste er.

„Noél! Ich mein das ernst!"

„Was willst du denn jetzt von mir hören, Kleines? Dein Blut ist süß und heiß. Das war es immer schon und das wird es auch immer sein", sagte er lächelnd, er war aufgestanden und um den Tisch herumgekommen. Jetzt hockte er vor ihr. Alicia strahlte ihn an. Noél streckte sich hoch und küsste sie zärtlich.

Zwei Tage später betrat er die Wohnung und wusste sofort, dass etwas nicht stimmte. Als er im Wohnzimmer ankam, stand Alicia dort und glühte. Sie versuchte zitternd, den Energieball in ihren Händen zu kontrollieren. Ihre Augen leuchteten hell, aber da war auch noch etwas anderes. Er konnte die vereinzelten Flammen sehen.

„Alicia!", rief er und stürzte zu ihr.

„Hilfe!", hauchte sie und er konnte sehen, wie ihre Kraft nachließ, je stärker der Drache wurde. Er zog sie an sich, so, wie er es beim ersten Erscheinen des Drachen schon getan hatte. Wie feine Nadeln bohrten sich die Lichtsplitter in seinen Körper. Er schrie auf, doch er ließ sie nicht los. Er konnte sie nicht loslassen. Was auch immer sie verband, sein Körper folgte einfach dem Teil der Magie, der zu ihm gehörte. Seine Lippen legten sich wie von selbst auf ihre und öffneten sich. Er atmete Feuer und Licht ein. Alicia schrie auf, als die Kraft sie verließ und sie die Kontrolle verlor. Seine Arme schlossen sich noch fester um sie und der Kuss wurde derart intensiv, dass ihm beinahe die Sinne schwanden. Die Kraft ihres Blutes in ihm nahm im gleichen Maße ab, wie ihre Magie. Er fing den Drachen ein, bändigte ihn und sperrte ihn in das Verlies, tief im Inneren seiner Frau. Ganz plötzlich fehlte das Licht. Dunkelheit umhüllte sie, als sie immer noch verbunden mitten in der Wohnung standen. Noél löste seine Lippen von ihren und atmete tief ein. Jetzt in diesem Moment waren sie wieder nur der Vampir und das Mädchen. Keine Magie, kein Feuer und kein Drache. Nur sie beide. Er küsste sie mit der verschwenderischen Geduld, die ihm dieser Augenblick ermöglichte. Dann schmiegte er sich an sie und sie verbarg schluchzend ihr Gesicht an seiner Schulter.

„Geht's wieder?", fragte er leise und sie nickte an seiner Schulter. „Er kam so plötzlich, ich konnte nichts mehr tun!"

„Ich glaube, du solltest mit den Übungen nicht mehr allein sein", sagte er leise und löste sich vorsichtig von ihr.

„Wie meinst du das?"

„Ich meine, dass ich in der Nähe sein sollte, wenn du übst. Offenbar gibt mir deine Macht ein wirksames

Gegenmittel gegen deine Magie und auch gegen den Drachen."

„Aber es laugt dich aus, das kann ich an deinen Augen sehen."

„Nun ja, dann muss ich eben wieder auftanken", sagte er lachend.

„Och du!"

„Kleines, ich meine das ernst! Du übst nur noch mit Moira, wenn ich da bin."

„Na gut!"

„Was hast du denn heute eigentlich versucht, wodurch der Drache plötzlich wieder aufgetaucht ist?"

„Nichts Besonderes", sagte sie schulterzuckend. „Ich wollte nur den Sonnenball noch größer machen, als bisher."

„Okay, und dann erschien der Drache?"

„Ja, war fast so, als hätte er auf mich gewartet und darauf, dass ich einen Fehler mache."

„Und was war der Fehler?"

„Zuviel Sonnenenergie."

Noél atmete tief ein. „Wie viel *zu viel*?"

„Ungefähr so viel", gestand Alicia kleinlaut und hielt die Hände etwa einen halben Meter auseinander.

„Alicia!", fauchte er. „Das ist wesentlich mehr als zu viel! Willst du dich umbringen?"

„Unsterblich, schon vergessen?"

„Auch Unsterbliche kann man töten!" Seine Augen funkelten sie in der Dunkelheit an und das hatte diesmal nichts mit der Magie zu tun.

„Ich weiß, aber Moira sagt, ich muss meine Grenzen austesten, um sie zu kennen. Nur so kann ich meine Macht beherrschen."

„Moira sagt ... Ich will nicht, dass du bei dem Versuch draufgehst, deine Grenzen abzustecken!"

Alicia wusste, dass er sich Sorgen um sie machte, aber es machte sie auch wütend.

„Wie bitte soll ich denn meine Grenzen kennenlernen, wenn ich nicht weiß, wo sie liegen?"

„Das macht man langsam und mit Gefühl und nicht einfach so, Alicia!"

„Hnf!" Sie warf die Arme hoch und wandte sich ab. Noél folgte ihr ins Schlafzimmer.

„Alicia, sei doch vernünftig!"

„Ich bin vernünftig!", rief sie. „Ich bin total vernünftig! Aber du benimmst dich so, als würdest du mich besitzen!"

„Keiner besitzt dich, Liebes, aber wenn du nicht aufpasst, dann gehörst du bald dem Drachen!"

„Und wenn schon! Der verbirgt wenigstens nicht, dass er mich beherrschen will."

Noél stand so plötzlich dicht vor ihr, dass sie zusammenzuckte.

„Ich will dich nicht beherrschen. Ich will bloß nicht, dass du bei dem Versuch stirbst, dir selbst und der Welt etwas zu beweisen!"

„Ich werde nicht sterben, du Sturkopf von einem Vampir!", schrie sie ihn an.

„Doch das wirst du und ich will dir nicht dabei zusehen müssen!"

„Dann geh doch!", warf sie ihm an den Kopf. Ali-

119

cia wusste selbst nicht, warum sie so aggressiv war. Der Drache lachte in ihrem Inneren und plötzlich erkannte sie es! Die Unruhe der letzten Zeit, dieses getrieben sein, dieses Gefühl irgendetwas zu verpassen! Der Drache trieb sie an! Gerade als sie das begriff, zog Noél sie an sich.

„Das würde dir so passen, mich einfach wegzuschicken!", knurrte er. Er küsste sie wild und sie wusste, dass der Kampf mit dem Drachen nicht nur ihr etwas abverlangte. Es zehrte Noél förmlich aus, wenn dieser ihn wieder einfangen musste.

„Noél!", rief sie, als er sie zwischen zwei Küssen Luft holen ließ, doch er hörte nicht auf sie. Seine Zähne kratzten über ihren Hals.

„Noél! Es ist der Drache!", keuchte sie, gerade, als er zubeißen wollte.

„Was?", krächzte er und rang mühsam um Selbstbeherrschung.

„Der Drache ist noch da und versucht uns dahin zu treiben, dass wir uns zerfleischen!" Noél richtete sich auf und starrte sie nach Atem ringend an. Er schloss kurz die Augen.

„Ich glaub, du hast recht!"

„Wenn ..." Alicia atmete tief durch. „Wenn du jetzt von mir trinkst, so im Zorn, dann wird er durchbrechen und du bist momentan zu schwach, um ihn wieder einzuschließen." Sie sah ihm in die Augen. „Und dann hat er gewonnen!"

„Verdammt!" Noél fuhr sich durch die Haare. „Ich weiß noch nicht einmal, warum ich eben so wütend auf dich war!" Er wandte sich zu Alicia um. „Entschuldige bitte." Sie ging zu ihm, legte die Arme um ihn und sah zu ihm hoch. „Entschuldigung angenommen, wenn du meine akzeptierst. Zum Streiten gehören nun mal zwei."

Er lächelte und küsste sie innig. „Ich akzeptiere", er knabberte an ihren Lippen.

„Glaubst du, Versöhnungssex sorgt dafür, dass er verschwindet?", meinte er schelmisch und Alicia boxte ihn liebevoll in den Arm. „Och du!" Sie küsste ihn und biss ihn zärtlich in die Unterlippe.

„Na warte!", knurrte er und zog sie in einen leidenschaftlichen Zungenkuss. In weiterer Folge landete sie nackt auf dem Bett und er folgte ihr grinsend. Sie versuchte, sich ihm zu entziehen, doch er beugte sich hinunter und küsste ihre Brust. Seine Haare strichen verführerisch über ihren Körper und sie bäumte sich unter ihm auf. Noél küsste sie noch einmal, richtete sich auf, drehte sie flink auf den Bauch und spreizte ihr die Beine.

„Noél! Was ...?" Weiter kam sie nicht, denn da drang er schon von hinten in sie ein und drückte sie mit seinem Körper auf die Matratze. Er hielt ihre Hüfte mit einer Hand fest und stützte sich mit der anderen neben ihr ab.

„Soll ich aufhören?", raunte er an ihrem Ohr. Ihre Finger krallten sich in das Bettzeug.

„Nein!", keuchte sie und er lachte leise. Sie stöhnte, als er sich bewegte. In dieser, für sie ungewöhnlichen, Stellung war er tiefer als sonst in sie eingedrungen und erreichte sensible Stellen, von denen sie bislang nichts gewusst hatte. Seine drängenden Bewegungen führten dazu, dass ihre Brüste aufreizend über das Laken glitten. Er hatte sich über sie gebeugt und seine langen Haare strichen permanent über ihren Rücken, was sie zusätzlich erregte. Sie biss verzweifelt in die Bettdecke, als sich der Druck in ihr so intensiv aufstaute, dass sie schon dachte, sie müsste zerspringen. Ihre Muskeln spannten sich und ihre Fingerknöchel wurden weiß, als er noch einmal tief in ihr versank. Er riss sie mit sich über den Abgrund und in die Tiefe eines gewaltigen Höhepunktes. Noél sank auf sie und biss sie in den Hals. Beide stöhnten gleichermaßen vor Schmerz und Leidenschaft, als er ihr Blut in sich aufnahm. Der Drache hatte sich unterdessen in seinem Verlies zusammengerollt und schlief tief und fest.

„Ich glaube, du solltest Moira von deinem Drachen erzählen", sagte Noél eine geraume Weile später. Wir lagen entspannt im zerwühlten Bett. Ich schmiegte mich an seine Brust und legte mein Knie auf sein Bein. Seine Hand strich liebevoll über meine Schulter.

„Meinst du wirklich?", fragte ich träge. Er fing meine Hand ein, die von seinem Bauch Richtung Süden zu wandern begann.

„Ja meine ich." Seine Finger flochten sich in meine und fesselten meine Hand somit auf seinem Bauch. Ich lächelte vor mich hin.

„Okay, ich erzähl es ihr. Selbst auf die Gefahr hin, dass sie dann nicht mehr mit mir spricht."

„Och, das wird sie schon", sagte er ruhig. „Nach einer Weile wird sie das bestimmt wieder."

„Noél!" Ich biss ihn in seine Brustwarze.

„Au, lass das! Die brauch ich noch!"

„Wozu denn?"

„Ich mag sie, sie gehört zu mir!" Ich lachte leise und schmiegte meine Wange an seine Brust. Kurz darauf schlief ich ein.

Liebe Moira!, tippte ich einen Tag später in einer Mail an die Mondhexe. *Ich weiß nicht so recht, wie ich dir das jetzt sagen soll ... meine Magie besteht nicht nur darin, das Sonnenlicht einzufangen. Irgendwie wurde etwas Größeres aus der Sonnenmagie der Hexe Morwenna, als sie am Scheiterhaufen ihren Zauber sprach ...* Ich seufzte, Moira würde sich nie wieder melden, es klang selbst für mich unglaublich unglaubwürdig!

In mir ist ein Feuer, das ich kaum bezähmen kann. Je mehr Sonnenmagie ich anwende, umso mehr steigt der Drang in mir, dieses Feuer ausbrechen zu lassen. Ich kann es nicht beherrschen. Nur mein Mann schafft es, mir bei der Eindämmung des Feuers zu helfen. Ich schreibe dir das, weil ich deinen Rat brauche und deine Hilfe. Ich blickte auf den Cursor und überlegte, ob ich gleich mit der kompletten Tür ins Haus fallen sollte, dann zuckte ich mit den Schultern.

Hier in Wien gibt es einen Druiden, der es auf die Sonnenhexe abgesehen hat. Wenn er mich erwischt, dann wird er versuchen, mich zu vernichten. Bis dahin muss ich mein Feuer und meine Magie unter Kontrolle gebracht haben. Sonst, so fürchte ich, geschieht ein großes Unglück. Noél hatte den Druiden noch immer nicht gefunden, obwohl er seine Präsenz besonders in der Innenstadt fühlen konnte. Zumindest hatte er mir das so erklärt. Es waren auch noch mehr neue Vampire in Wien aufgetaucht, die sich zwar von Noél einschüchtern ließen, aber keiner wusste, wie lange noch ...

Ich hoffe inständig, dass du mir helfen kannst, und erwarte sehnsüchtig deine Antwort. Alicia.

Ich las die Mail noch zweimal durch und dann drückte ich auf senden. Ich atmete tief ein, jetzt konnte ich nur warten und hoffen, dass sie nicht zu schockiert war.

Die Warterei war das Schlimmste. Ich zwang mich, nur stündlich meine Mails zu checken, sonst hätte ich vermutlich alle paar Minuten nachgesehen.

„Und? Hat sie schon geschrieben?", wollte Noél wissen, als er heimkam.

„Nein."

„Das wird sie schon noch!" Er küsste mich zärtlich. Ich wünschte mir zum wohl hundertsten Mal, dass ich seine Zuversicht hätte.

Ich brauche deine Telefonnummer, stand in der Mail nur einen Tag später. Sonst nichts. Ich starrte darauf, dann tippte ich meine Nummer in die Antwort und schickte sie ab. Kaum eine Minute später läutete mein Telefon und ich hob mit zitternden Fingern ab.

124

„Hallo Moira!" Meine Stimme bebte vor Anspannung.

„Hallo Alicia!" Es klang fern und etwas blechern, aber ihre Stimme war warm und dunkel und gab mir sofort ein Gefühl der Sicherheit.

„Ich konnte dir nicht schreiben", sagte Moira. „Ich glaube, keine Mail hätte für eine Antwort ausgereicht. Erzähl mir doch bitte, was du für eine Feuerkraft in dir hast", bat sie ohne Umschweife. Ich schloss kurz die Augen und dann begann ich zu erzählen. Ich berichtete von der Übernahme der Magie bis hin zum ersten Auftauchen des Drachen. Und ich erzählte von seinem Einfluss und davon, wie sehr ich mich fürchtete, diese Feuerkraft irgendwann nicht mehr kontrollieren zu können. Ich erzählte ihr wirklich alles, nur das Noél ein Vampir war, das ließ ich aus. Lange Zeit blieb es ruhig am anderen Ende der Leitung, dann hörte ich Moira tief einatmen.

„Okay, Alicia, wir fangen ganz sachte an. Du wirst ab sofort nicht mehr versuchen, deine Grenzen auszutesten. Du gehst lediglich so weit, bis du fühlst, dass das Feuer in dir erwacht. Hast du das verstanden?"

„Ja, hab ich."

„Gut. Wenn du das unter Kontrolle hast, dann sehen wir weiter. Und Alicia?"

„Ja?"

„Mach nicht mehr, als das! Ich bin zu weit weg und Noél kann dir nicht immer helfen, einverstanden?"

„Einverstanden!"

„Okay, also ich rufe dich nächste Woche um die

125

gleiche Zeit wieder an. Und bis dahin übst du, bis das Feuer kommt, aber nicht weiter!", schärfte sie mir noch einmal ein.

„Ja, ich verspreche es, nicht weiter! Ich bin dir so unendlich dankbar, Moira!"

„Gern geschehen! Ich wünschte, ich könnte mehr für dich tun."

„Du tust schon viel mehr, als du müsstest. Vielen Dank." Wir verabschiedeten uns und ich betrachtete das Telefon in meinen Händen. Es hatte so unendlich gutgetan, endlich mit jemandem über das Ganze reden zu können. Ich meine, Noél wusste natürlich Bescheid, aber Moira konnte mir wirklich helfen. Und sie verstand meine Magie auf eine Art und Weise, die Noél vermutlich nie verstehen würde. So sehr ich ihn auch liebte, ich brauchte dabei den Rat einer Hexe. Und den bekam ich jetzt endlich. Zum allerersten Mal, seit diese Magie in meinen Körper gekrochen war, hatte ich das Gefühl, dass ich sie auch meistern konnte.

Ich wartete bis Noél heimkam und begann da erst mit den Übungen, die Moira mir aufgetragen hatte. Noél sah mir kritisch zu, bis ich schließlich abbrach.

„Du hältst dich zurück", sagte er ruhig.

„Ja, das hat Moira mir aufgetragen." Ich grinste.

„Sie hat also geantwortet?"

„Viel besser!" Ich ging zu ihm hin und legte die Arme um seine Taille, dann sah ich ihm in die Augen. „Sie hat mich angerufen." Noél lächelte mich an und legte seine Arme locker um mich. „Und?"

„Und ich hab ihr alles erzählt, wir haben uns für nächste Woche wieder einen Termin ausgemacht. Bis dahin darf ich nur so weit gehen, bis ich den Drachen fühle."

„Du hast ihr echt gesagt, dass in dir ein Drache wohnt?"

„Nein, ich hab nur gesagt, dass offenbar das Feuer der Verbrennung zu der Magie dazugekommen ist."

„Und das hat sie so akzeptiert?"

„Du traust ihr nicht?", fragte ich vorsichtig.

„Alicia, ich vertraue dir und wenn sie dir Sicherheit gibt, dann mag ich sie schon jetzt", er küsste mich. „Aber wirklich vertrauen kann ich ihr erst, wenn ich sie kennengelernt hab."

„Du meinst in echt?"

„Ja, kennenlernen geht nur begrenzt über das Telefon. Irgendwann muss man sich gegenübertreten. Und dann sieht man, ob Fantasie und Realität zusammenpassen."

„Ja, sie gibt mir Sicherheit, Noél und ich fühle mich zum ersten Mal, seit ich diese Magie habe, wirklich verstanden."

„Aw, jetzt bin ich aber beleidigt!"

„Noél! So hab ich das doch nicht gemeint!" Er konnte wohl meine Verzweiflung sehen, denn er lächelte mich an. „Ich versteh schon, kleines Mädchen, sie ist eine Hexe. Und ich bin nur ein Vampir, nein ..." Er legte mir einen Finger an die Lippen. „Ich verstehe etwas von Magie, aber ich kann dir bei deiner nur bedingt helfen, das weiß ich. Ich bin froh, dass du jemanden gefunden hast, mit dem du dich austauschen kannst." Er sah mir tief in die Augen. „Wann immer ich helfen kann, sag es mir, okay?"

„Okay", ich küsste ihn. „Ich liebe dich, Noél."

„Und ich liebe dich", hauchte er an meinen Lippen, dann richtete er sich auf. „Und jetzt lass ich dich mal üben, du gehst jetzt wieder zur Schule!" Er zwinkerte mir zu und ich lachte, als er sich seine Unterlagen schnappte und sich auf die Couch setzte. Ich konzentrierte mich und begann wieder mit meinen Übungen.

XII

Wien, Oktober 2010

Ich übte jeden Tag und freute mich auf jede neue Aufgabe, die Moira mir stellte. Der Drache schlief. Die
Sonnenmagie in mir wurde stärker und stärker. Und
obwohl ich immer noch hoffte, dass auch Morwenna
noch einmal zurückkam, so wusste ich doch, dass sie
das nicht tun würde. Wenn Noél arbeitete, dann traf ich
mich in Wien mit Freunden. Kurz gesagt, das Leben
begann wieder in normalen Bahnen zu laufen. Bis ich
eines Nachmittags bemerkte, dass mir Blicke aus den
Schatten heraus folgten. Ich eilte heim, doch bei der
Bushaltestelle kam eine alte Bettlerin auf mich zu und
streckte die Hand aus. Ich zog meine nicht schnell
genug zurück und sie griff mich kurz an. Eisige Kälte
lief durch meinen Arm. Ich starrte die Alte an und sie
starrte zurück.

„Der Meister vermutete schon, du seist zurückgekehrt, Sonnenhexe", sagte sie leise. Ich starrte sie
weiterhin an.

„Was für eine Sonnenhexe?", fragte ich schließlich.

„Eine alte Sonnenhexe!", flüsterte sie noch einmal,
dann ging sie schnellen Schrittes davon. Ich fror,
obwohl ich mitten im Sonnenlicht stand. Niemand war
weit und breit zu sehen. Plötzlich hatte ich wieder
Angst. Panische Angst! Der Meister ... damit konnte
nur der Druide gemeint sein. Und diese alte Bettlerin

würde schnurstracks zu ihm laufen und ihm davon erzählen, dass Morwenna wiederauferstanden war. Ich wollte nur noch heim.

Eine warme Hand legte sich auf meine Schulter und ich fuhr schreiend herum. Noél stand neben mir und sah mich alarmiert an. Ich warf mich in seine Arme und er hielt mich einfach nur fest. Um uns herum begann sich die Erde wieder zu drehen.

„Schsch, Kleines, was ist denn bloß passiert?", fragte er leise in meine Haare hinein. Ich erzählte es ihm und er seufzte kurz. „Ich hatte das schon befürchtet."

Ich schluchzte und sah ihn an. „Wieso bist du überhaupt hier?"

„Ich hatte plötzlich das Gefühl, als wäre mein Arm in einen Kübel mit Eiswasser gesteckt worden." Ich blickte auf meine Hand hinab, die Hand, die die Bettlerin berührt hatte.

„Wie ...?" Er atmete tief ein und griff nach meiner Hand. „Lass uns doch ein Stück zu Fuß gehen, ja?" Ich nickte und ließ mich von ihm die Straße hinunter führen.

„Also?", fragte ich schließlich. Seine Nähe tat mir gut.

„Es begann im Krankenhaus, kurz nachdem du aufgewacht bist", erzählte er. „Ich fühlte plötzlich einen Stich im Arm, aber ich konnte keine Wunde erkennen."

„Einen Stich?"

„Ja, sie haben dir noch einmal Blut abgenommen

für Tests."

„Und du ..." Ich blieb stehen und sah ihn erschrocken an. „Du hast den Stich gefühlt?"

„Ja."

„Oh Mann!"

„Ich kann es fühlen, wenn dir jemand wehtut oder wenn *du* dir wehtust", sagte er augenzwinkernd.

„Noél, heißt das, du kannst auch jedes Mal fühlen, wenn du mich beißt?"

„Ja", sagte er und lachte leise. „Auch das!"

„Warum hast du mir das nicht gesagt?" Ich war erschüttert.

„Du könntest nichts daran ändern und ..." Er blieb stehen und lächelte mich an. „Ich beiße dich nun mal gerne."

„Noél!" Er küsste mich. „Es ist wirklich nicht schlimm, Alicia. Und sieh´s doch mal so: Ich kann dir helfen, wenn du verletzt wirst."

„Ja, aber ..."

„Kein aber!", sagte er bestimmend. „Es ist jetzt so, wie es ist. Dafür kann ich deine Nähe nicht mehr spüren, wie früher." Wir gingen eine Weile schweigend weiter.

„Was ist von deinen ursprünglichen Kräften eigentlich übrig geblieben?"

„Das Trinken von Blut!", sagte er lachend.

„Und?", wollte ich wissen, musste aber doch grinsen.

„Ich fürchte, das war´s schon."

„Ach, Noél! Das ist furchtbar!" Ich sah ihn an,

doch er zog mich weiter.

„Nein, ist es nicht! Ich habe unglaublich viel dazu gewonnen!" Er legte seinen Arm um meine Taille. „Ich kann wieder in die Sonne gehen, ich weiß jetzt, wie Schokoladeneis schmeckt." Ich kicherte und er schmunzelte. „Ich bin schneller, als ich früher war. Ich kann fühlen, wenn dir jemand etwas antut. Ich kann deinen Drachen zähmen." Er blieb stehen und zog mich in seine Arme. „Aber das Wichtigste ist: Ich kann dich lieben und dabei dein Blut trinken, ohne Angst haben zu müssen, dass ich dich umbringe." Ich sah in seine hell leuchtenden Augen und lächelte. Er beugte sich hinab und küsste mich. Und für diesen Moment war es mir echt egal, dass wir uns mitten auf einer belebten Einkaufsstraße befanden und jeder uns sehen konnte.

Zwei Wochen später saß ich gerade mit meinem Tablet auf der Couch, als Noél heimkam, mich küsste und dann wortlos zur Bar ging. Ich sah ihm nach, als er sich einen Cognac einschenkte und ans Fenster trat. Er nippte an dem Getränk und starrte hinaus in die Dunkelheit. Ich schaltete das Tablet aus, stand auf und trat leise hinter ihn.

„Noél? Alles in Ordnung?"

„Nein." Er atmete tief ein, dann kippte er den Rest aus dem Glas hinunter und drehte sich zu mir um. Seine Augen leuchteten hell wie immer, als er mich ansah.

„Es sieht so aus, als würde der Druide wieder Vampire um sich versammeln." Ich spürte, wie das Blut aus meinem Gesicht wich.

„Soll das heißen, er gründet wieder einen Rat?"

„Ich fürchte ja."

„Wo hast du sie gesehen?"

„In der Innenstadt, nahe dem Basiliskenhaus."

„Sind die Vampire dabei, die uns vor Beltane angegriffen haben?"

„Ja ...", sagte er gedehnt. „Und das irritiert mich."

„Du ... du meinst, sie waren damals schon hinter mir her?"

„Nein. Ich glaube, sie jagen mich."

„Weil du den Druiden schon einmal angegriffen hast?"

„Ja."

„Verdammt!", entfuhr es mir.

„So könnte man das auch sagen, aber was mir viel mehr Sorgen macht, ist, dass sie mir jetzt scheinbar folgen, um an dich heranzukommen."

„Weil der Druide irgendwie herausgefunden hat, dass ich jetzt eine Sonnenhexe bin", stellte ich fest.

„Ja." Er sah mich nachdenklich an.

„Woher ...?"

„Die Vampire folgen der Spur des Hexenblutes. Ich weiß nicht, wie er das geschafft hat, aber der Druide hat sie zu Bluthunden gemacht."

„Morwenna sagte, dass ich Hexenblut in mir habe und die Magie mich deshalb erwählt hat", grübelte ich nach, dann fuhr ich herum und starrte ihn an. „Noél? Woher hattest du das Blut, das du mir damals verabreicht hast?"

„Das waren Blutkonserven aus einer Blutbank, so wie immer." Er sah mich weiterhin nachdenklich an. „Worauf willst du hinaus?"

„Was, wenn eine der Konserven von einer Hexe stammte?", flüsterte ich und er erstarrte.

„Das hieße dann, dass das Hexenblut noch in deinem Kreislauf war, als du auf diese Beltane-Tour gegangen bist!"

„Das würde einiges erklären!" Ich ging auf und ab. „Und die Vampire brauchten nur der Spur des Hexenblutes zu folgen und fanden plötzlich eine wesentlich mächtigere Magie."

„Das würde dann auch erklären, warum der Druide bereits Bescheid weiß."

„Ich glaube, er ist sich noch nicht ganz sicher. Die alte Bettlerin neulich sagte, dass der Meister *vermute* die Sonnenhexe sei zurückgekehrt."

„Ich hoffe nur, er kommt dir nicht zu nahe. Denn dann kann er Morwennas Magie vermutlich erkennen."

„Heißt das jetzt, ich muss mich hier verstecken? Bis an mein Lebensende?" Ich starrte ihn schockiert an. Wenn man unsterblich ist, klingt lebenslänglich wirklich grauenhaft.

„Nein, Liebes!" Er zog mich in seine Arme. „Aber du solltest immer in Begleitung von Sean oder mir hinausgehen." Ich schloss kurz die Augen und schmiegte mich an ihn.

„Noél?"

„Hm?"

134

„Erzähl mir bitte von deiner ersten Begegnung mit dem Druiden." Einen Moment lang schien es fast so, als würde er sich weigern wollen, doch dann strich er liebevoll über meinen Rücken.

„Okay", hauchte er in meine Haare. „Aber wir sollten es uns bequem machen, denn das ist eine lange Geschichte." Er richtete sich auf und sah mich an. Ich strich ihm über die Wange und nickte, dann griff ich nach seiner Hand und zog ihn zur Couch. Wir kuschelten uns zusammen und Noél streckte schließlich seine langen Beine aus, legte einen Arm um mich und zog mich an seine Schulter.

„Es war das Jahr 1624 und ich war seit einigen Jahren in Wien", begann Noél. „Die erste und einzige Hexenverbrennung, von der heute noch berichtet wird, lag schon über vierzig Jahre zurück. Ich war ein angesehenes Mitglied der Wiener Gesellschaft, auch wenn man sich heute nicht mehr an mich erinnert. Als Vampir versucht man erst gar nicht, in die Geschichtsbücher zu geraten. Ich war damals mit einer Dame aus der besseren Gesellschaft verheiratet." Er sah kurz zu Alicia hin, sie strich liebevoll über seine Stirn und lächelte ihn an. Noél lebte nun schon seit über vier Jahrhunderten und er war bei Gott kein Mönch gewesen. Alicia wusste das.

„Hast du sie geliebt?", wollte sie nur wissen.

„Ja, das habe ich, deshalb hab ich sie auch geheiratet. Aber sie war eine dieser Frauen, die unbedingt verwandelt werden wollten." Er seufzte, setzte sich seitlich hin, stützte den Arm an der Lehne ab und lehnte seinen Kopf in die Hand. Alicia zog ihre Beine unter sich und sah ihn nur ruhig an.

„Na ja, jedenfalls wollte ich sie nicht verwandeln. Anfangs fand sie das auch nicht so schlimm, aber dann wollte sie mehr und mehr ein nicht enden wollendes Leben führen. Sie liebte Bälle, vor allem Maskenbälle. Und sie gab ständig Gesellschaften in unserem Palais." Er lachte leise in der Erinnerung. „Maskenbälle machten es mir leichter, mich in der Gesellschaft zu bewegen."

„Ich wette, du warst immer der charmante, aber geheimnisvolle Marquis, richtig?"

„Oh ja. Und die Damen flogen nur so auf mich!" Noél griff nach seinem Zopf und löste das Zopfband heraus. Er lockerte seine Haare auf, sodass sie ihm nun über die Schulter nach vorne fielen. Mittlerweile reichten sie schon bis weit über seinen Rücken hinab. Seit er Alicia kannte, hatte er die Haare nicht mehr gekürzt, weil sie ihr so gut gefielen. Geistesabwesend begann er mit dem Zopfband zu spielen. Etwas, das er sich angewöhnt hatte, wenn er angespannt oder nachdenklich war. Es war zu einer unbewussten Handlung geworden.

„Die Jahre vergingen und Elisabeth wollte immer vehementer ein Vampir werden. Sie warf mir vor, ihr absichtlich die Ewigkeit vorzuenthalten. Und schließlich fand sie Gehör bei einer Freundin, die ihr einen Magier empfahl, der angeblich alles möglich machen konnte."

„Der Druide", mutmaßte Alicia.

136

„Ja, genau, der Druide." Noél nickte und sah kurz aus dem Fenster. Inzwischen war die Nacht schon weit fortgeschritten und die Straßenbeleuchtung dunkler geworden.

„Damals wurde ich nicht zum ersten Mal mit Magie konfrontiert, aber ich hatte einfach nicht damit gerechnet. Elisabeth ging natürlich zu ihm, nachdem wir einmal wieder eine hitzige Diskussion zum Thema Ewigkeit hatten. Sie warf mir an den Kopf, dass ich sie dazu treiben würde, diesen Schritt zu machen." Noél spielte gedankenverloren mit dem Zopfgummi in seinen Händen. „Ich weiß noch nicht einmal mehr, warum ich ihr damals nicht gleich gefolgt bin. Vermutlich war ich gekränkt, keine Ahnung ..." Er zuckte mit den Schultern.

„Als ich bei dem Haus ankam, standen davor zwei Vampire und hielten mich auf, weil ich keine Einladung hatte. Sie ließen mich erst passieren, als sie bemerkten, dass ich wesentlich älter war. Damals gab es diesen Respekt noch, auch unter den ganz jungen Vampiren. Das Gebäude war eine pure Lasterhöhle für Vampire. Menschen gingen ein und aus und wurden herumgereicht, wie Cocktails. Und in einem der Hinterzimmer hielt der Druide Hof." Noél stand auf und ging zum Fenster hin. Lange Zeit blickte er nur hinaus auf die nächtliche Parklandschaft. Alicia ließ ihm die Zeit, die er brauchte.

„Elisabeth hatte dem Druiden ihre Halskette als Gegenwert für ihre Unsterblichkeit angeboten. Eine Halskette, die sie von mir bekommen hatte. Sie war ein

Unterpfand meiner Liebe zu ihr gewesen und sie tauschte sie einfach ein." Noél sah auf sein Spiegelbild in der Scheibe, doch in Wahrheit blickte er einfach hindurch.

„Der Druide prüfte die Kette, gerade, als ich zur Tür hereinkam. Auch hier wurde ich aufgehalten, doch es waren keine Vampire, sondern bezahlte Handlanger. Sie zwangen mich, zuzusehen, wie der Druide die Kette mit einem bösen Lächeln einsteckte. Ein großer Vampir kam hinter ihm hervor und verbeugte sich vor dem Magier, dann griff er nach Elisabeth. Ich kann heute noch den Triumph in ihren Augen sehen. Er erfüllte ihr ihren sehnlichsten Wunsch auf ganz altmodische Weise. Sie folgte dem Vampir in ein Separee und ich versuchte, ihr zu folgen. Ich schrie ihr nach, dass sie das nicht machen sollte, doch sie ließ sich einfach wegführen." Noél wandte sich um und sah zu seiner Frau hinüber. Nichts verriet ihre Gedanken. Er konnte lediglich die Liebe in ihren Augen sehen. Langsam ging er zurück zur Couch und setzte sich wider hin. Er beugte sich vor, stützte die Ellbogen auf die Knie und blickte auf den Zopfgummi hinab.

„Als sie zurückkam, da war sie nicht mehr dieselbe. Jeder reagiert anders auf die Verwandlung. Es ist wichtig, dass der Erschaffer die ersten Stunden mit seinem Geschöpf verbringt, doch das war bei ihr nicht passiert. Der Druide hatte sie nach der Verwandlung einfach auf die Straße geworfen. Sie hatte Hunger und panische Angst. So sehr ich mich auch bemühte, sie in die Welt der Vampire einzuführen, es nutzte nichts. Sie begann sich selbst als Monster zu sehen. Als der Hunger zu mächtig wurde, da tötete sie ihre Kammerfrau. Ich hatte damals echt Mühe, das zu vertuschen. Schlussendlich wollte sie, dass ich sie töte. Doch das konnte ich nicht", hauchte Noél und ließ sich schwer gegen die Lehne der Couch sinken. Alicia betrachtete ihn mitfühlend. Sie erinnerte sich an die ersten Tage von Sean als Vampir. Es war für alle schwer gewesen, doch dank Noél hatte er sich sehr schnell mit seinem neuen Ich auseinandergesetzt. Sein Selbst, sein Wesen, alles was Sean ausgemacht hatte, war erhalten geblieben. Alicia wollte sich gar nicht ausmalen, was geschehen wäre, hätte der General ihren Bruder gewandelt.

Noél atmete tief ein. „Eines Abends fand ich ihre Asche auf einem der Balkone. Sie war, wie meine Schwester, in den Sonnentod gegangen." Noél fuhr sich durch das Gesicht und die Haare, dann sah er wieder aus dem Fenster.

„Ich war rasend vor Wut und Schmerz und suchte den Druiden erneut auf. Warum auch immer war an diesem Abend keine Party in seinem Haus. Ich konfrontierte ihn mit dem Tod meiner Frau und seiner Schuld daran, doch er lachte nur! Er lachte! Und das machte mich so rasend vor Wut, dass ich ihn angriff. Er war überrascht, aber nicht wehrlos. Wie gesagt, ich kannte Magie, doch seine Magie ist schon damals verdammt stark gewesen. Nur meine Vampirsinne und meine Geschwindigkeit retteten mich. Was ich nicht bemerkte, war seine Unsterblichkeit. Vermutlich lag es daran, dass ich so rasend wütend war, keine Ahnung."

Noél ließ sich an der Lehne hinabgleiten und sah zur Decke hoch.

„Seine Wachen kamen zu spät. Ich erschlug ihn und dann warf ich sämtliche Kerzen im Raum um. Irgendwie schaffte ich es aus dem brennenden Haus hinaus auf die Straße. Ich lief nach Hause, holte meine wichtigsten Papiere und Sachen und verließ Wien noch in der gleichen Nacht." Er schloss die Augen. Sein Atem ging jetzt sehr schnell, weil die Erinnerung an den Kampf mit dem Druiden wieder in ihm hochkochte. Alicia schmiegte sich an ihn und küsste ihn liebevoll auf die Wange. Ohne die Augen zu öffnen fuhr Noél fort: „Und jetzt ist dieses Monster immer noch hier und bedroht die größte Liebe, die ich in meinem langen Leben jemals hatte. Meine Seelengefährtin." Er öffnete die Augen und sah sie direkt an: „Dich!"

Alicia zog ihn an sich. „Er wird mich nicht bekommen!", sagte sie mit einer Zuversicht und Bestimmtheit, die ihn dazu bewog, sie ganz fest zu halten.

„Ich hoffe es, denn deinen Tod würde ich nicht überleben", hauchte er an ihrem Hals. Sie konnte sein Verlangen deutlich spüren, als er sie leidenschaftlich küsste. Sie schlang die Arme um seinen Hals und grub ihre Finger in seine Haare. Er war emotional so aufgewühlt, dass er sich einfach nicht zurückhalten konnte. Ehe sie es sich versah, lag sie unter ihm und er schob sich zwischen ihre Schenkel. Er hatte sich nicht einmal die Mühe gemacht, sie beide vollständig zu entkleiden.

140

Ein Teil von ihm achtete dennoch darauf, dass er sie nicht verletzte. Hätte sie sich gewehrt, hätte er sich noch zurücknehmen können, doch dann schlang sie ihre Arme und Beine um ihn.

Alicia wusste, dass er sie jetzt mehr denn je brauchte. Also ließ sie ihn auch nicht los, als er wie ein verhungerndes Raubtier über sie herfiel. Sie kam seinem Drängen entgegen und hielt ihn fest an sich gedrückt, als er sich ein letztes Mal heftig in sie stieß und mit einem lauten Knurren zubiss. Es war so, als versuchte er, in ihrem Körper und ihrem Blut unterzugehen. Erst als ihr die Sinne schwanden, glitten ihre Arme und Beine von ihm ab und er blieb keuchend auf ihr liegen.

Noél erwachte langsam aus dem Rausch. Ihr Blut pulsierte im Rhythmus ihres trägen Herzschlags durch seine Adern. Seine Lippen lagen noch immer an ihrem Hals. Er konnte ihren Puls fühlen und ihr Blut schmecken. Automatisch verschloss er die Bisswunde mit einem Kuss und blieb noch einen Augenblick mit geschlossenen Augen liegen. Ihr Atem wurde ruhiger und sie glitt aus der Bewusstlosigkeit in den Schlaf hinüber. Er lächelte, gefühlt zum ersten Mal, befreit von einer Jahrhunderte alten Last. Noél unterdrückte den Impuls, noch einmal von ihr zu trinken, und stemmte sich vorsichtig in die Höhe. Ihr Gesicht wirkte friedlich im Schlaf und als er sie küsste, kräuselte ein feines Lächeln ihre Lippen. Er stand komplett auf, befreite sie beide von den Resten ihrer Kleidung und hob Alicia hoch. Sie lag schwer in seinen Armen, atmete aber schon wieder völlig normal.

Noél trug sie ins Bett, zog die Decke hoch und schmiegte sich an sie. Dann küsste er zärtlich ihren Hals. Ihr Puls war schwächer als sonst, aber nicht besorgniserregend. Dennoch hielt er es für besser, sie aufzuwecken. Er sah kurz zum Fenster, noch war es dunkel, aber bald würde die Sonne aufgehen. Und dann würde sich ihre Energie sehr schnell wieder aufladen. Er lächelte vor sich hin.

„Alicia", hauchte er dicht an ihrem Ohr. Sie bewegte sich leicht und ihr Mundwinkel zog sich höher ...

... die Elfenfamilie lächelte mich noch zum Abschied an, dann ritten sie auf dem Einhorn davon.

Alicia! Säuselte der Wind warm an meinem Ohr. Ich winkte den dreien nach.

Alicia! Die Stimme drängte sich immer mehr in mein Bewusstsein. Warm und sanft umspielte sie mich, wie ein Seidenschal.

„Alicia, Liebes, wach auf!" Ich erkannte, dass diese unendlich liebevolle Stimme zu Noél gehörte. Ich lächelte und schlug die Augen auf. Es war dunkel im Zimmer. Ich konnte Noéls Arme um mich herum fühlen. Er küsste meine Schulter und strich zärtlich über meine Wange.

„Alicia?"

„Mhm?", antwortete ich schläfrig. Ich wollte mich einfach nicht aus diesem wunderbaren Schwebezustand lösen. Er lachte leise.

142

„War´s schön?", wollte er wissen.

„Oh ja, ich hatte einen wunderbaren Traum."

„Ach ja? Erzähl mir davon", bat er leise und fuhr mit seinen Liebkosungen fort. Ich erzählte ihm von meinem Traum mit den Elfen, die ich vor einem bösen Hexenmeister gerettet hatte. Und wie sie dann auf einem Einhorn in den Sonnenuntergang geritten waren. Als ich am Ende meiner Geschichte angekommen war, schloss ich die Augen und dämmerte wieder in die angenehme Dunkelheit hinein.

„Alicia!" Noéls Atem hauchte zärtlich über mein Ohr. „Bleib wach!" Ich öffnete die Augen wieder, dann kam mir ein Verdacht, warum er so hartnäckig versuchte, mich wach zu halten.

„Wie viel hast du getrunken?"

„Ein kleines Bisschen zu viel", gestand er lächelnd und küsste wieder meinen Hals. Er überprüfte mit seinen Lippen eindeutig meinen Puls.

„Du weißt, dass es mich nicht umbringen wird", sagte ich leise. „Lass mich schlafen." Er schmiegte sich an meinen Rücken und legte einen Arm um meine Taille. Ich konnte plötzlich fühlen, wie heiß sein Körper war.

„Ich weiß", hauchte er an meinem Nacken. „Ich möchte trotzdem, dass du wach bleibst!"

„Pass auf, dass du nicht verbrennst!" Ich kicherte, seine Haut war wirklich sehr heiß.

„Keine Angst!" Er lachte leise. „Aber jetzt könnte ich wahrscheinlich alle Vampire in Wien verbrennen!"

„Glaubst du, du könntest, meine Energie ganz ohne

mich freisetzen?"

Er überlegte kurz, dann küsste er wieder meinen Hals. „Nein."

„Ich bin so müde, lass mich bitte schlafen."

„Nein!"

„Warum nicht?", maulte ich und wollte mich umdrehen, doch er hielt mich fest.

„Darum nicht!", flüsterte er und ich öffnete wieder die Augen, gerade, als die Sonne in unserem Schlafzimmer aufging und ein Strahl genau auf das Bett fiel. Noél schob mich behutsam näher an das Sonnenlicht heran und drehte mich so, dass es genau auf meine Brust schien. Ich konnte augenblicklich die Kraft spüren, die mich durchströmte und meine leeren Batterien wieder auflud.

„Wenn du jetzt von mir trinkst, verbrennst du wirklich!", kicherte ich, als er wieder meinen Puls fühlte. Er lachte leise an meiner Haut, dann schmiegte er sich an mich.

„Ich hatte wirklich mehr als genug, danke." Eine Weile badeten wir einfach nur so im Sonnenlicht und ich schloss wieder die Augen.

„Noél?"

„Hm?"

„Ich werde mich ihm stellen müssen, oder?"

„Nicht, wenn ich es verhindern kann."

„Ich will mich nicht ständig verstecken müssen."

„Ich weiß, Kleines", er zog mich näher an sich heran. „Es wird nicht für lange sein, ich verspreche es dir."

144

„Was willst du denn tun?"

„Ich werde versuchen, ihn zu finden, bevor er dich findet." Ich öffnete die Augen und drehte mich in seinen Armen um. Seine Augen strahlten unnatürlich hell, weil er tatsächlich zu viel von mir getrunken hatte.

„Noél, nur gemeinsam können wir ihn bezwingen. Du allein schaffst das nicht!"

„Ich werde dein Leben nicht aufs Spiel setzen!"

„Davon rede ich ja auch nicht! Aber du kannst meine Energie nicht freisetzen! Und um den Druiden zu vernichten brauchen wir nun mal die Magie von Morwenna."

„Die hat damals auch nicht gereicht", gab er zu bedenken.

„Ja, aber da ist noch der Drache, von dem er nichts weiß." Noél richtete sich mit einem Ruck auf und sah auf mich hinab.

„Nein! Du wirst den Drachen nicht einsetzen!"

„Noél ..." Ich legte ihm beruhigend eine Hand an die Wange. „Der Drache kommt nur im äußersten Fall zur Anwendung, das verspreche ich dir!" Noél sah mich argwöhnisch an. „Bist du sicher, dass du das steuern kannst?"

„Ich werde mit Moira reden, ich brauche jetzt einen Schnellunterricht!"

„Wieso willst du einen Schnellkurs haben?"

„Ist so ein Gefühl", sagte ich ruhig.

„Du meinst, der Traum war eine Warnung?"

„Es waren schwarze Elfen und ich musste den Drachen gegen einen Hexenmeister einsetzen ...“

Noél seufzte leise, küsste mich und kuschelte sich an meine Schulter.

„Wie fühlst du dich jetzt?“

„Großartig!“, hauchte ich lächelnd. Die Sonne wärmte mich und ersetzte zunehmend die Energie, die Noél mir abgezapft hatte. Jetzt erlaubte er mir auch, die Augen zu schließen.

Ich erwachte durch laute Stimmen im Wohnzimmer und schlug die Augen auf. Es dämmerte und ich hatte mein Zeitgefühl komplett verloren. Mir schwindelte, als ich mich zu schnell aufsetzte und für einen Moment blieb ich auf der Bettkante sitzen. Ich angelte schließlich nach meinem Bigshirt und ging leise nach draußen.

„Das wirst du nicht tun!“, herrschte Noél Sean gerade an.

„Du hast mir nichts zu befehlen!“, schnappte mein Bruder.

„Was ist hier los?“, wollte ich wissen.

„Ach, dein Bruder hat die Wahnsinnsidee, allein loszuziehen, um nach den Vampiren und dem Druiden zu suchen!“, knurrte Noél.

„Irgendwer muss es ja tun und ihr zwei seid viel zu auffällig!“ Sean funkelte Noél an.

„Ich als dein Erschaffer verbiete es dir!“ Noél spielte die höchste aller Vampirkarten aus. Sean richtete sich auf und verschränkte die Arme vor der Brust. „Versuch doch, mich davon abzuhalten!“

146

Noél starrte ihn an, dann wandte er sich gleichermaßen erschrocken und entsetzt ab.

„Noél?" Ich ging zu ihm und er atmete tief ein, dann drehte er sich zu Sean um.

„Seit wann weißt du es?"

„Seit dem Tag, an dem du im Licht vor mir gestanden hast."

Ich blickte zwischen den beiden Hin und Her und verstand nicht, was los war.

„Klärt mich mal bitte jemand auf?"

„Dein Sonnenlicht hat die Verbindung zu meinem *Erschaffer* durchtrennt", sagte Sean leise. Er hatte seine sture Haltung aufgegeben, als ihm bewusst geworden war, dass Noél nichts davon bemerkt hatte.

„Noél?" Ich sah ihn an und er nickte. „Sean ist frei."

„Und was bedeutet das jetzt?"

„Das bedeutet ..." Noél richtete sich auf. „Dass Sean ab sofort frei von mir ist. Ich kann ihn nicht mehr aufspüren, wenn er das nicht will. Und er muss meinen Befehlen nicht mehr Folge leisten."

„Ganz ehrlich, Noél, das ist keine große Sache für mich!" Sean bemühte sich, den Streit ungeschehen zu machen.

„Es ist trotzdem nicht ratsam, allein gegen diese Irren anzutreten, Sean."

„Ich weiß, aber du bist mittlerweile viel zu auffällig und von meiner Schwester rede ich gar nicht." Sean sah zu mir hinüber.

„Was? Wieso?" Ich war noch immer verwirrt.

„Die Vampire fragen in der ganzen Stadt nach dir herum!"

„Wen fragen sie denn?"

„Andere Vampire." Er blickte kurz zu Noél. „Genau die, die Noél gleich nach unserer Ankunft hier eingeschüchtert hat."

„Willst du mir jetzt die Schuld zuschieben?", knurrte Noél, seine Augen begannen zu leuchten.

„Nein, ich stelle lediglich eine Tatsache fest."

„Jungs!", fuhr ich dazwischen. „Wir kommen so nicht weiter! Wir brauchen einen Plan!"

„Okay." Sean sah mich an. „Was schlägst du vor?"

„Ich werde mit Moira gemeinsam daran üben, die gesamte Magie zu beherrschen."

„Bist du verrückt?" Das kam von Zefira, die gerade die Wohnung betrat. Offenbar hatte man den Streit bis nach draußen gehört.

„Nein." Ich atmete tief durch. „Wenn alles schief läuft, dann muss ich mich darauf verlassen können, dass die Magie nicht unvermutet ausbricht und mich überrollt."

„Okay ...", sagte Sean gedehnt. „Und was sollen *wir* bis dahin machen?"

„Ich würde ja gerne sagen, dass wir uns erst mal verkriechen sollten, aber dafür kenne ich dich zu gut!", giftete ich in seine Richtung. Noél griff nach meinem Arm. „Alicia ...", begann er, doch ich riss mich los.

„Nein!"

Ich ging zu Sean und baute mich ganz nah vor ihm auf.

„Glaubst du wirklich, ich hab darum gebetet, die Magie einer Sonnenhexe zu übernehmen?", fauchte ich ihn an.

„Alicia, pass auf, was du tust!", warnte Noél, doch ich wollte ihn nicht hören.

„Ich hab nicht darum gebetet! Ich wollte das alles nicht! Ich wollte ein ruhiges Leben an der Seite des Mannes haben, den ich liebe!" Ich redete mich langsam in Rage.

„Ally, das wollte ich doch gar nicht andeuten", sagte Sean leise. „Wenn ich etwas gesagt habe, was dich ..." Weiter kam er nicht, weil meine Augen plötzlich zu leuchten begannen. Noél fluchte und drehte mich in dem Moment um, als der Drache versuchte aus seinem Verlies zu entkommen. Sean sprang hinter die Couch, als es im Zimmer taghell wurde. Zefira schrie auf. Ich hörte Noél vor Schmerzen stöhnen, als er mitten in das Feuer trat und den Drachen wieder einsperrte.

Lange Zeit standen wir einfach nur atemlos da und klammerten uns aneinander. Sean kam vorsichtig wieder näher.

„Großer Gott, Alicia! Was war das?" Er und Zefira starrten uns an.

„Sagt Hallo zu Alicias Feuerdrachen", ächzte Noél.

„Zu *was*?" Zefira war entsetzt.

„Jedes Mal, wenn sie sich aufregt, versucht dieser Feuerdrache auszubrechen", sagte Noél und löste sich von mir. Er blickte mir nachdenklich in die Augen.

„Geht´s wieder?"

149

„Ja, danke." Ich atmete tief durch und sah zu meinem Bruder und meiner Freundin hinüber. „Bitte entschuldigt."

„Ja, Ally, alles klar!" Sean kam zu mir und zog mich in seine Arme. „Ich werde dich nie mehr aufregen, Kleines", flüsterte er, dann sah er mir in die Augen.

„Ich", begann er, doch Zefira war herangetreten, und unterbrach ihn kurz. „Wir", sagte sie leise und ich lächelte sie an.

„Wir", sagte Sean lächelnd und griff nach Zefiras Hand. „Wir werden euch bei allem unterstützen." Er sah mir tief in die Augen. „Aber du musst auch zulassen, dass ich versuchen werde, dich zu beschützen, so gut ich kann, okay?" Ich nickte und umarmte beide. Dann ging ich ins Schlafzimmer, um mit Moira zu telefonieren.

„Du willst *was*?", fragte Moira ein paar Minuten später.

„Ich muss lernen das Feuer zu zähmen, Moira. Vorhin hätte ich fast meinen Bruder gegrillt!" Moira atmete tief durch. „Na schön, dann fangen wir damit an, dass du das Feuer zulässt. Was hat das Feuer dazu bewogen, deinen Bruder anzugreifen?"

„Ich war wütend auf ihn."

„Okay, dann fangen wir damit an, dass du deine Wut zu zügeln lernst. Versuch, dich immer dann zurückzunehmen, bevor du wütend wirst. Ich weiß, das ist schwierig und ihr seid momentan in einer sehr

150

schlimmen Lage. Ich kann mir vorstellen, dass eure Nerven alle überspannt sind." Moira unterbrach sich kurz und sprach mit jemandem im Zimmer. „Entschuldige, mein Junge ist gerade heimgekommen, wo waren wir?"

„Gespannte Nerven", bot ich an.

„Ach ja, versucht alle, einen Gang runterzuschalten. Wir wissen nicht, wie mächtig der Druide wirklich ist, gegen den ihr da antreten wollt!"

„Okay, ich sag's den Jungs nachher. Aber was kann ich jetzt tun?"

„Am besten holst du Noél dazu und schaltest mich auf Lautsprecher."

„Gut, mach ich! Warte kurz!" Ich ging ins Wohnzimmer, wo Noél und Sean über einen Stadtplan gebeugt standen und die Gebiete einkreisten, wo sie die Vampire angetroffen hatten.

„Noél?"

Er sah hoch. „Ja?"

„Moira möchte, dass du dabei bist." Er sah mich kurz überrascht an, dann blickte er zu Sean. „Bitte keine Alleingänge, einverstanden?"

Sean nickte. „Einverstanden."

Noél folgte mir ins Schlafzimmer, ich griff nach dem Telefon und stellte es auf laut.

„Okay, Moira, Noél ist jetzt hier!"

„Hallo, Noél! Schön dich kennenzulernen!"

„Hallo, Moira!", sagte Noél ruhig. Kurz herrschte Stille am anderen Ende der Leitung. Ich lächelte in mich hinein, Noéls Stimme war sehr angenehm, warm, ein wenig rau und tief. Sie löste bei den Meisten, die sie das erste Mal hörten die gleiche Reaktion aus: erstauntes Schweigen. Moira räusperte sich verlegen.

„Okay, Noél, Alicia hat mir erzählt, dass du das Feuer eindämmen kannst. Du bist jetzt also unser Feuerlöscher."

„Feuerlöscher?" Noél runzelte die Stirn.

„Ja, und jetzt mach sie wütend!"

Noél sah mich zweifelnd an.

„Sieh mich nicht so an", sagte ich entschuldigend. „Ganz offensichtlich bricht das Feuer nur aus, wenn ich wütend werde!"

„Nicht nur", gab Noél zu bedenken.

„Nicht nur?", wollte Moira wissen.

„Nein ...", sagte Noél gedehnt und beobachtete mich. „Wenn sie zu viel Magie aufbaut, dann kommt das Feuer auch hervor."

„Nun, dann Ally, lass mal die Magie raus!"

„Okay." Ich sammelte mich und begann einen Energieball aufzubauen. Doch es blieb nur bei der Magie. Ich suchte in mir nach dem Drachen. Noél beobachtete mich nachdenklich. „Was ist los?"

„Es geht nicht!", knirschte ich.

„Was heißt es geht nicht?", fragte Moira.

„Es geht einfach nicht! Ich kann das Feuer nicht rufen, es gehorcht mir nicht!"

„Doch, es gehorcht dir, du musst es nur glauben!", sagte Moira.

„Verdammt! Es geht nicht!", fauchte ich und wurde plötzlich vom Drachen überrollt. Noél fluchte und war sofort bei mir.

„Alicia? Noél? Was ist los?", fragte Moira und man konnte die Panik aus ihrer Stimme hören. Noél sah mich an.

„Alles wieder okay?", flüsterte er und ich nickte an seiner Schulter.

„Redet mit mir!", forderte Moira.

„Alles wieder gut!", sagte ich atemlos. „Das war nur das Feuer!"

„Okay, ich glaube, wir sollten für heute aufhören."

„Ja, das sollten wir", sagte Noél. „Danke Moira."

„Danke wofür?"

„Ich glaube, Alicia weiß jetzt, was sie tun muss." Er sah zu mir und ich lächelte schwach.

„Ja, ich weiß es jetzt. Danke Moira, ich werde das gemeinsam mit Noél üben."

„Okay, aber seid vorsichtig und passt auf euch auf, ja?"

„Ja, machen wir!" Wir verabschiedeten uns und ich legte auf.

„Und jetzt", sagte ich und legte meine Arme um Noél. „Sollten wir dich wieder aufladen."

„Ja, sollten wir, aber zuerst muss ich noch mit Sean reden." Noél küsste mich und ging wieder ins Wohn-zimmer zurück.

Die nächsten zwei Wochen verliefen ziemlich frust-rierend für mich, weil ich den Drachen nicht zähmen konnte. Es machte mich immer wütender, dass dieser Druide mich dazu zwang mich zu verstecken. Und je wütender ich wurde, umso unberechenbarer wurde der Drache. Schließlich ließ Noél sich beurlauben und blieb die ganze Zeit bei mir daheim, weil er mich nicht dem Drachen ausliefern wollte. Sean und Zefira streiften jeden Abend durch die Stadt und versuchten den Platz ausfindig zu machen, wo sich der Druide versteckt hielt. Ich hatte jedoch die Vermutung, dass er erst auftauchen würde, sobald ich wieder in der Stadt unterwegs war. Und dann musste ich dieses Vieh in mir unter Kontrolle haben.

„Noél, ich kann nicht mehr nur daheim sitzen!" Ich lief in der Wohnung auf und ab.

„Ich verstehe dich, aber ..."

„Was verstehst du?", fauchte ich. „Sieh mich an! Vor lauter Frust stopfe ich alles in mich hinein, was es zu essen gibt! Ich kann mich selbst nicht mehr im Spiegel ansehen!"

„Alicia ..." Er kam auf mich zu, doch ich wich zurück.

„Nein!" Er blieb stehen und betrachtete mich nachdenklich. Ich fühlte mich wie ein Tier im Zoo, nur dass die Besucher fehlten, die an meinem Käfig vorbei wanderten. Plötzlich bemerkte ich, dass der Drache auf meinen Ausbruch gar nicht reagiert hatte. Überrascht hielt ich inne und horchte in mich hinein.

„Alicia?" Noél sah mich fragend an.

„Er schläft", flüsterte ich, als könnte zu lautes Reden ihn wecken. Ich sah Noél an. „Ich war gerade total aufgebracht, aber er hat überhaupt nicht reagiert!"

„Erstaunlich."

„Noél, heißt das, ich hab ihn endlich unter Kontrolle?"

„Ich weiß es nicht."

„Ich muss mit Moira reden!" Ich griff nach dem Telefon und wählte ihre Nummer. Niemand hob ab.

„Verdammt! Sie geht nicht ran!" Ich klopfte gedankenverloren mit dem Telefon an mein Kinn. „Noél, wenn er heute und morgen nicht ausbricht, dann will ich mit euch nach draußen!"

„Alicia, das ist überhaupt keine gute Idee."

„Noél, bitte!", flehte ich und griff nach seinen Händen. „Ich muss hier raus! Ich muss wieder unter Menschen!" Er seufzte und zog mich an sich, ich konnte fühlen, wie sehr er mit sich selbst rang.

„Na gut, wenn er sich zwei Tage nicht rührt ..." Er sah mich streng an. „Aber nur dann! Gehen wir mit Sean und Zefira in die Stadt!"

„Okay!" Ich lächelte ihn an und küsste ihn zärtlich.

XIII

Wien, 31. Oktober 2010, Samhain

Ich wusste, dass Noél besorgt war, aber ich genoss es, mit ihm gemeinsam durch die Stadt zu flanieren. Er hielt meine Hand fest und sah sich immer wieder um. Es war zwar noch immer nicht ganz Nacht, aber dennoch stieg seine Aufmerksamkeit nun stetig an. Wir hatten uns mit Sean und Zefira beim Basiliskenhaus in der Schönlaterngasse verabredet. Die Beiden würden uns dort treffen, sobald es ganz dunkel war.

Ich freute mich einfach, endlich wieder unter Menschen zu sein. Lachend zeigte ich auf die fliegende Kuh am Stephansdom und er ließ sich von meiner guten Laune anstecken. Wir amüsierten uns über die Steinfiguren auf dem Dom. Noél legte einen Arm um mich und drückte mich an sich.

„Weißt du übrigens, wie man diese Figuren nennt?"

„Wasserspeier?", bot ich an und er grinste.

„Gargoyle."

„Noch nie gehört!", sagte ich lachend. Er zog mich an sich und küsste mich auf die Schläfe.

„Lügnerin!", flüsterte er.

Er wusste genau, dass ich mich sehr intensiv mit Fabelwesen und Magie auseinandergesetzt hatte, seit ich selbst eine Hexe war. Ich schlang die Arme um seine Taille und schmiegte mich an seine Brust. Die

Nacht senkte sich auf die Stadt herab. Noél löste sich von mir und wir schlenderten in Richtung des Treffpunktes. Die Touristen strömten auch noch in die Stadt, als es später wurde. Ich genoss das Gemurmel der Menschen um mich herum. Ich atmete tief ein. Wie hatte ich den Duft dieser Stadt vermisst!

Noch bevor Noéls Griff fester wurde, stellten sich meine Haare an den Armen auf.

„Vampire!", flüsterte er und zog mich weiter die Straße hinab. Die Schatten wurden tiefer und schwärzer, als wir schon fast am Treffpunkt waren. Die Gassen um uns herum waren plötzlich menschenleer, was in dieser Stadt praktisch nicht vorkam. Vor allem nicht an einem Abend vor einem Feiertag.

Irgendetwas dämpfte die Lichter der Straßenbeleuchtung.

Mir wurde schlagartig kalt, als ich die schimmernden Augen in den Schatten sah. Ein kleines Mädchen kam direkt auf uns zu und blieb vor mir stehen. Sie mochte vielleicht sieben, oder acht Jahre alt sein und trug ein geblümtes Trägerkleidchen. Ihre blonden Haare waren zu Zöpfen geflochten.

„Hexe!", zischte das Mädchen und ihre tief liegenden Augen leuchteten in der Dunkelheit.

Sie machen Kinder zu Vampiren!, dachte ich schaudernd.

Pures Grauen bemächtigte sich meines Körpers und ich fror an. Noél griff fester nach mir und zog mich weiter. Die Vampire folgten uns, obwohl ich eher den Eindruck hatte, dass sie uns vor sich her trieben.

Die Beute zu dem Jäger!

Ich blieb erneut stehen.

„Alicia, bitte!" Noél sah mich eindringlich an, doch ich schüttelte den Kopf.

„Noél, sie treiben uns zum Druiden!"

Er sah sich kurz um, die Vampire blieben abwartend in den Schatten stehen.

„Kannst du ihn fühlen?", fragte er leise.

„Nein."

„Verdammt! Das heißt, er tarnt sich wieder!"

„Du kannst ihn auch nicht fühlen?", fragte ich erschrocken.

„Nein!"

„Noél, was machen wir denn jetzt?"

Er zog mich ganz fest an sich und sprach so leise an meinem Ohr, dass ich ihn fast nicht verstand.

„Lauf heim und verriegle die Tür!"

„Nein!", hauchte ich.

„Alicia, bitte sei vernünftig! Der Druide darf dich nicht in die Hände bekommen!", flehte Noél. Ich starrte ihn an, dann nickte ich schließlich.

„Bitte sei vorsichtig!"

„Du auch!" Er zog mich heftig an sich und küsste mich, dann löste er sich plötzlich von mir.

„Lauf!", rief er und ich lief los.

Ich lief durch die regennassen Straßen. Ich konnte mich nicht mehr daran erinnern, wann es zu regnen begonnen hatte. Meine Waden brannten und ich hatte furchtbares Seitenstechen. Warum hatte ich nicht auf

mehr Sport geachtet? Und warum hatte ich nicht aufgehört zu essen? Ich fluchte, als meine Schuhe auf dem
nassen Asphalt rutschten.

LAUF!

Hatte Noél geschrien und sich den Vampiren in den
Weg gestellt.

LAUF!

Ich keuchte und versuchte das Bild zu verdrängen,
als er von den Vampiren zu Boden gerissen worden
war. Sean hatte sich auf die Vampire geworfen, die
meinen Mann unter sich begraben hatten.

LAUF!

Ich versuchte es, aber meine brennenden Lungen
versagten langsam ihren Dienst, ebenso wie meine
Beine. Der Regen hatte mich bereits vollkommen
durchnässt. Ich lief in eine dunkle Seitengasse und ver-
steckte mich in einem Hausdurchgang.

„Schön, dass du zu mir kommst", flüsterte eine
Stimme aus der Dunkelheit und ich schrie auf. Ein
Vampir ergriff mich von hinten und hielt mich fest. Ich
schrie erneut und er legte seine Hand auf meinen
Mund. Ich rief meine Sonnenenergie zu mir und biss
und trat nach dem Vampir, der mich hielt. Er fauchte
und dann konnte ich seine Zähne in meinem Nacken
fühlen.

Plötzlich heulte er auf, ließ mich los und taumelte
weg. Ich warf mich herum und sah gerade noch, wie
meine Magie ihn von innen heraus verbrannte bis nur
noch Asche übrig war. Entsetzt starrte ich auf die

Asche, die vom strömenden Regen erfasst und einfach fortgespült wurde.

„Also bist du doch zurückgekehrt", sagte die leise Stimme hinter mir und ich drehte mich schwer atmend langsam um. Ich wusste, dass in meinen Augen die Sonne glühte. Der Drache aber rührte sich nicht.

Verdammt!

Immer kam er ungefragt und wo war er jetzt?

Der Mann trat in die Straßenbeleuchtung hinaus. Er war kleiner, als ich es erwartet hatte. Und er trug auch nicht mehr die traditionelle, weiße Kleidung der Druiden. Er war einfach nur ein harmlos wirkender alter Mann in einem schwarzen Twill-Anzug mit Gehstock, gepflegtem Bart und Hut. Doch ich wusste sofort, wen ich vor mir hatte! Schließlich hatte ich ihn in meiner Vision von Morwenna sehr deutlich gesehen. Und jetzt ging er langsam um mich herum.

„Hast dich mit diesem Körper nicht unbedingt verbessert, Morwenna!"

„Eine Schönheit bist du auch nicht!", fauchte ich.

„Aw, Morwenna, warum so kratzbürstig?"

„Ich bin nicht Morwenna!"

„Ah, das gleiche Temperament!" Er lachte leise und ein Teil in mir schrie vor Schmerzen auf, bei diesem Lachen.

„Nun, Morwenna, da du mich einfach nicht verlassen willst, werde ich dich eben noch einmal verbrennen müssen."

Er lächelte mich an, doch seine dunklen Augen blieben kalt. Ich fror innerlich, obwohl die Sonnenenergie immer noch brannte.

„Noch mal ...“ Ich zwang mich dazu, ruhig zu bleiben. „Ich bin nicht Morwenna! Mein Name ist Alicia! Und Noél wird kommen und dich töten! Und diesmal wirst du wirklich sterben!“, prophezeite ich ihm.

„Noél? Ah! Der lästige Vampir, der dir ständig folgt!“ Der Druide beugte sich vor und sah mir in die Augen. „Er hätte mich damals töten sollen, als er die Chance dazu hatte! Heute kann er mich nicht mehr so überraschen!“

„Er wird es tun! Und er wird dafür sorgen, dass es diesmal endgültig ist!“, knurrte ich angriffslustig.

„Ja, ja, geschenkt!“

Er kam ganz dicht heran und blickte mir bis in die tiefsten Winkel meiner Seele. Ich schrie innerlich vor Schmerzen auf.

„Ah, du bist mit diesem Vampir verbunden. Das ist interessant!“ Nein, es interessierte ihn nicht wirklich. Ich schürte mein Feuer und rief nach dem Drachen.

Er schwieg.

Verfluchtes Mistvieh!, knurrte ich in Gedanken und hob die Hand, um eine Sonnenkugel auf den Druiden zu feuern. Der Druide machte eine geradezu lächerlich kleine Bewegung mit der Hand und ich konnte mich nicht mehr bewegen.

„So, meine kleine Hexe, jetzt haben wir uns aber wirklich lange genug aufgehalten“, sagte er gelangweilt, bog meinen Wurfarm nach unten und winkte jemandem in der Dunkelheit. Zwei Vampire kamen heran und griffen nach mir. Er sah mir in die Augen.

161

„Und nun, meine kleine Sonnenhexe, schließ auch noch deine Äuglein!" Sein Lächeln wurde diabolisch. „Wir wollen doch nicht, dass du meine lichtscheuen Helfer verbrennst!"

Aus dem Augenwinkel heraus konnte ich Zefira in den Schatten einer Gasse stehen sehen.

Kluges Mädchen! Versteck dich und hol Noél!

Ich starrte den Druiden an, versuchte gewaltsam, meine Augen offen zu halten. Doch als er mit der Hand über mein Gesicht fuhr, fielen meine Augenlider automatisch zu.

„Bringt sie in die Auen, da haben wir Platz und erregen kein Aufsehen!", hörte ich den Druiden sagen.

Die Vampire hoben mich hoch. Ich versuchte, mich gegen den Bann zu wehren, doch das war sinnlos, wie sich relativ schnell herausstellte. Ich wurde unsanft in ein Auto gestopft und dann rasten wir davon. Nach einer Weile veränderte sich die Straße. Der Wagen holperte schließlich über einen unbefestigten Weg in die Tiefen der Donau-Auen.

Noél!, rief ich immer wieder in Gedanken.

Noél, bitte!

Ich wusste, dass es sinnlos war.

Ich wusste, dass er mich nicht hören konnte und so lange ich nicht wirklich verletzt wurde, konnte er mich auch nicht fühlen. Der Bann verhinderte, dass *ich* mich verletzte! Und zu all dem schwieg dieses verräterische Biest in meinem Inneren.

Zefira wartete, bis der Wagen verschwunden war,

dann lief sie, so schnell sie konnte nach Hause. Sie wusste, dass Sean und Noél auch dorthin kommen würden. Eigentlich hoffte sie, dass die Beiden längst da waren.

Doch ihre Hoffnung wurde zerstört, als sie in die dunkle Wohnung stürmte: Sie war leer. Zefira lief in die andere Wohnung, doch auch die war leer. Verzweifelt begann sie auf und ab zu gehen. Sie tippte eine Nachricht in ihr Telefon und hörte ein leises Piepen. Noéls Handy lag neben dem seiner Frau.

„Ach verdammt!", fluchte Zefira und tippte eine Nachricht an Sean.

Keine Reaktion!

Er hatte sein Telefon wahrscheinlich beim Kampf verloren!

Plötzlich wurde die Tür aufgerissen und Sean kam herein. Er stützte Noél und ließ ihn auf eine Couch sinken. Noél sah ziemlich ramponiert aus und sackte kurz in sich zusammen, dann hob er den Kopf und sah sich um.

„Wo ist Alicia?"

„Sie haben sie mitgenommen!", rief Zefira.

„Wer?"

„Da war ein alter Mann, es war grauenhaft, Noél! Sie hat sich gewehrt und ein Vampir hat sie gebissen und, und ...", stotternd brach sie ab.

Noél war aufgesprungen und seine Augen strahlten in der Nacht, als er sie ansah. Also hatte er es doch richtig gefühlt, dass Alicia gebissen worden war! Aber zu dem Zeitpunkt hatten die Vampire ihn daran gehindert, zu ihr zu gelangen.

„Und?", schnappte er.

Zefira verkroch sich erschrocken in Seans Armen, als Noél näher kam. Er glich mehr denn je einem Raubtier, das in die Enge getrieben wurde.

„Der Vampir ist einfach verbrannt", hauchte sie verängstigt.

Sie kannte Noél nur als den liebenswürdigen und zärtlichen Mann ihrer besten Freundin, der Alicia abgrundtief liebte. Aber jetzt verhielt er sich plötzlich so, wie es die Vampire in all den Horrorgeschichten taten.

„Es ist ihr Blut!", flüsterte Sean. „Sie tötet Vampire mit ihrem Blut!"

„Nein, die Sonnenenergie verteidigt die Trägerin!" Noél versuchte, sich zu beruhigen, und schloss kurz die Augen. Als er dann zu Zefira blickte, war der Noél zurück, den sie kannte.

„Erzähl mir alles!", bat er.

Sean erkannte deutlich, wie angespannt sein Schwager war.

„Der alte Mann nannte sie Morwenna und er hat irgendwas mit ihr angestellt, weil sie sich plötzlich nicht mehr bewegen konnte."

„Der Druide hat sie!" Noél fuhr sich durch die Haare und fluchte. „Er wird sie verbrennen, wie er Morwenna vor all den Jahrhunderten verbrannt hat!"

Es klang unendlich leidend und verloren.

„Er sagte, du hättest ihn töten sollen, als du die Chance dazu hattest. Noél, was hat er damit gemeint?"

164

Noél antwortete nicht, sondern starrte nur mit zusammengebissenen Zähnen aus dem Fenster.

„Noél kennt den Druiden aus einem früheren Leben hier in Wien, Zefira. Damals gerieten sie in Streit und Noél erschlug ihn. Aber er wusste nicht, dass der Druide da schon unsterblich war!"

Zefira starrte ihren Freund an und dann Noél, dann fiel ihr etwas ein.

„Er sagte sie sollen sie zu den Auen bringen", sagte sie leise und Noél fuhr zu ihr herum.

„Zu den *Auen*?", hakte er nach.

„Ja." Zefira blickte zu Sean und dann wieder zu Noél. „Weißt du, wo das ist?"

Noél nickte langsam. „Er meint die Auen entlang der Donau, ein ungeheuer großes Gebiet ..."

„Sean wir müssen sie finden!" Zefira weinte jetzt und sah zu ihrem Freund hoch. „Bitte, wir müssen sie finden!" Sean zog sie in seine Arme.

„Schsch, Kleines, wir werden sie rechtzeitig finden. Das stimmt doch, Noél? Noél?"

Doch Noél hatte gar nicht zugehört. Er betrachtete die Landkarte der Donau-Auen auf dem Bildschirm seines Telefons und suchte nach einem Platz, der für eine Hinrichtung geeignet war.

„Hier!", sagte er plötzlich und Sean und Zefira beugten sich über das Display. Es zeigte auf eine Lichtung mitten im Wald, zu der eine kleine Straße führte und die nicht allzu weit von der Stadt entfernt war.

„Da sind sie!", sagte Noél mit einer Überzeugung in der Stimme, an die er sich selbst klammerte, wie an einen Strohhalm.

„Bist du sicher?", fragte Sean.

„Nein." Noél seufzte leise. „Aber irgendwo müssen wir anfangen und wir haben nicht viel Zeit! Und der Druide auch nicht, weshalb er nicht weit gefahren sein wird!"

„Wieso ...?", begann Zefira, doch Noél hatte bereits nach dem Autoschlüssel gegriffen, und lief nach draußen. Als alle im Auto saßen und Noél den Wagen über den regennassen Asphalt steuerte, sah er immer wieder auf die Uhr.

Noch eine Stunde, dann war Mitternacht.

„Heute Nacht ist Samhain, besser bekannt als Halloween", sagte er gezwungen ruhig und sah kurz zu Sean. „Die Nacht der Toten!"

Sean und Zefira starrten ihn an, doch Noél würde nicht mehr dazu sagen, er fühlte nur, dass er Alicia noch vor Mitternacht finden musste.

Wien, 31. Oktober 2010, kurz vor Mitternacht

Der Regen hatte aufgehört, doch das machte die Situation, in der ich mich befand auch nicht besser. Die Vampire hatten mich mitten auf einer Lichtung an einen Pflock gefesselt und bauten nun einen Scheiterhaufen aus Zweigen und Holz um mich herum auf. Es war stockfinster und dennoch sah ich alles rund um mich herum, als wäre es helllichter Tag.

Kaum waren wir hier angekommen, da hatte der Druide meine Augen wieder geöffnet, damit ich alles mitbekam. Er stand jedoch in meiner Nähe, bereit, jeden Ausbruch der Sonnenenergie zu stoppen, sollte ich es versuchen. Weit entfernt hörte ich das gleichmäßige Brummen der Autobahn.

„Noch ein paar letzte Worte, Morwenna?", fragte der Druide und lockerte meinen Bann erneut, jedoch gerade nur weit genug, dass ich meinen Mund bewegen konnte.

„Aber ja", sagte ich zuckersüß. „*Fahr zur Hölle, Arschloch!*"

„Oh, Morwenna, das ist aber nicht sehr nett von dir!"

„Ich bin nicht Morwenna!", zischte ich.

„Ist es klug, sie reden zu lassen?", fragte Adlernase den Druiden, doch der zuckte nur mit den Schultern.

„Wer sollte sie hier denn schon hören?"

Überheblicher Dreckskerl!, schimpfte ich in Gedanken, dann rief ich mich selbst zur Ruhe auf. Es machte überhaupt keinen Sinn ihn zu beschimpfen. Ich musste mir einen Plan überlegen, wie ich ihn töten konnte.

Wie ich sie alle töten konnte!

Ich schloss kurz die Augen und rief in mir nach dem Drachen.

Doch nur Schweigen antwortete.

Na gut, dann musste die Sonnenmagie eben ausreichen! Dass sie Morwenna auch nicht geholfen hatte, verdrängte ich dabei. Ich wusste, ich musste Noél nur genug Zeit verschaffen. Ich biss mir auf die Zunge und schmeckte mein eigenes Blut. Hoffentlich konnte Noél das fühlen. Die ganze Zeit schon hatte ich darauf gewartet, mich verletzten zu können. Ich öffnete die Augen und beobachtete den Druiden, der abseits stand und sich mit Adlernase unterhielt. Immer wieder wanderte sein Blick jedoch zu mir hinüber. Der Scheiterhaufen um mich herum war fast fertig.

Ich musste mich beeilen!

Die Energie sammelte sich in meinem Inneren und ich achtete darauf, dass sie meine Augen ganz zuletzt erreichte. Meine Zunge schmerzte, aber das war mir nur Recht. Der Schmerz ließ mich klar denken. Erst, als ich die Sonnenmagie nicht mehr zurückhalten konnte, schloss ich die Augen.

Plötzlich war eine andere Präsenz in meinem Inneren. Der Drache war erwacht und begann Raum zu fordern.

„Was tut sie da?" Das war Adlernase.

„Sie versucht, ihre Energie zu bündeln", kam es vom Druiden und es klang spöttisch. Ich hatte mittlerweile Mühe, den Drachen zu bändigen.

„*ALICIA!*", hörte ich Noéls Ruf in der Nacht, es klang ganz nah. Ich drängte den Drachen zurück und schrie mit aller Kraft, die ich entbehren konnte: „*NO-ÉL!*"

„Schweig, Hexe!", herrschte Adlernase mich an.

Ich begann zu lachen. Ein lautes, hysterisches Lachen. Ich wusste, dass mir das Blut aus dem Mund lief, aber das war mir egal. Das Feuer des Drachen pulsierte durch mein Blut und durch meinen Körper. Seine unbändige Kraft erfüllte mich in einer Weise, die mich frohlocken ließ. Diesen Drachen konnte niemand überleben und er gehörte mir!

„Öffne die Augen!", befahl der Druide und schlug mir ins Gesicht. Mein Kopf knallte nach hinten gegen den Pfosten. Ich lächelte still vor mich hin, das Herannahen meines Vampirs machte den Druiden unvorsichtig.

„Öffne *SOFORT* deine Augen!", befahl er noch einmal und diesmal wandte er auch einen mentalen Zwang an. Ich sammelte die Energie in meinen Augen und als ich dem Zwang nicht mehr standhalten konnte, riss ich sie weit auf.

Ein gleißender Lichtstrahl schoss hervor und traf Adlernase genau in die Brust. Der Vampir wurde nach hinten und zu Boden geschleudert und schrie in Todesqualen auf, bevor er verglühte. Funken stoben in den Nachthimmel. Ich hatte eigentlich den Druiden treffen wollen, aber der war im letzten Moment zur Seite getreten.

„Du kannst mich nicht töten!", rief der Druide. „Du bist zu schwach!"

Mein Drache brüllte auf und wollte sich auf ihn stürzen.

Noch nicht!, gemahnte ich ihn. *Ich brauche Noél, um dich danach wieder einzufangen!*

Er brüllte nur noch lauter.

Ich biss die Zähne zusammen, als der Druide Zaubersprüche zu murmeln begann. Er stand nun genau vor mir.

Flammen züngelten am Scheiterhaufen empor. Das machte der Druide also! Ein magisches Feuer! Ich fühlte ein unsägliches Brennen da, wo die Flammen mein Fleisch bereits erreichten.

Der Schmerz wurde unerträglich.

Ich schrie.

Der Drache in meinem Inneren brüllte auf.

„*ALICIA!*", schrie Noél erneut und stürmte auf die Wiese hinaus, wo ich an den Pfahl gefesselt stand. Die Vampire drehten sich um und diese Ablenkung nutze ich, um den Drachen frei zu lassen.

Ich atmete aus und entspannte mich.

Ich wusste, dass der Drache alles vernichten würde, was sich ihm in den Weg stellte. Aber das war nun nicht mehr wichtig. Ich dachte daran, wie sehr ich Noél liebte. Ich trauerte um das Leben, das wir nie haben würden, als der Drache brüllend aus mir herausbrach.

Der Druide sah das Ungeheuer auf sich zu rasen und reagierte einen Bruchteil zu spät. Die sengend heißen Flammen trennten in Sekundenschnelle seinen Kopf von den Schultern und verbrannten den Leichnam zu Asche, bevor sein Kopf zu Boden gefallen war.

Kopf ab und verbrennen, hatte Noél vor scheinbar einem halben Leben auf die Frage geantwortet, wie man ein unsterbliches Wesen tötet. Und genau das hatte der Drache nun getan.

Die Welt bremste und bewegte sich nur noch in Zeitlupe. In einem Schleier aus Schmerz und Feuer sah ich Noél auf mich zu laufen. Der Drache warf sich auf jeden Vampir, der versuchte, sich ihm in den Weg zu stellen. Noél lief über die Asche der Vampire, wie über einen Teppich, auf mich zu. Seine Augen strahlten hell wie zwei Sonnen. Sein Mund war zu einem Schrei geöffnet. Ich sah die spitzen Fangzähne.

Doch ich hörte nichts.

Nichts außer dem wütenden Brüllen des Drachen.

Ein kleiner Teil meines Gehirns registrierte, dass ich den Drachen offenbar lenkte, denn er ging nicht auf Noél los. Wie eine feurige Spur wand er sich durch die Lichtung und legte alles, was ihm begegnete in Schutt und Asche.

Alles, außer Noél.

Der stand plötzlich vor mir und durchtrennte meine Fesseln. Er ignorierte die Flammen, die mich bereits eingehüllt hatten, zog mich in seine Arme und in einen leidenschaftlichen Kuss. Ich wollte mich dagegen wehren, doch er hielt mich eisern fest und schmiedete unsere beiden Körper im Feuer zusammen.

171

Der Drache bäumte sich hinter ihm auf und hüllte uns komplett mit seinem Feuer ein. Erstickte damit die magischen Flammen, die der Druide gerufen hatte. Explosionen aus Licht breiteten sich wellenförmig um uns aus und schienen zu pulsieren. Noél schrie vor Schmerz, als er die Flammen des Drachen einatmete, doch er hielt mich weiterhin fest.

Wir hielten uns fest.

Wir konnten uns gar nicht mehr loslassen.

Ich grub meine Hände in seine Haare, zog ihn an mich und zwang seine Lippen ein letztes Mal zu einem leidenschaftlichen Zungenkuss auseinander. Wenn ich mich schon nicht mit ihm vereinigen konnte, dann wenigstens so.

Als der Drache zuschlug, verschmolzen wir zu einem Wesen.

Und dann starben wir.

Leseprobe

Das Band der Seelen
Band 1: Mythen und Märchen

A. Bogott-Vilimovsky

Prolog

Arizona, 1994

Der Lastwagen raste auf sie zu, die grellen Scheinwerfer blendeten ihre Augen. Gedanken waren nicht mehr möglich, ihre Augen weiteten sich in stummem Entsetzen, als sich plötzlich ein helles, großes Etwas auf sie warf und die Welt um sie herum in dicker, schwarzer Finsternis verschwand.

Schwere, samtene Dunkelheit umgab sie, ein weißes Licht leuchtete in der Ferne, doch die Dunkelheit war warm und verhieß Frieden, unendlichen, immerwährenden Frieden. Dann erbebte diese Welt, als ihr Körper sich unter dem starken Stromstoß aufbäumte. Das weiße Licht kam näher. Sie versuchte, sich darauf zu konzentrieren, doch die Dunkelheit um sie herum war so friedlich. Wieder erbebte die Welt, stärker diesmal und rückte das Licht in greifbare Nähe. Licht, kaltes, weißes Lampenlicht flutete in ihre offenen Augen. Zwang sie zu zwinkern. Langsam nahm sie Geräusche um sich herum wahr. Menschen, die hektisch herumliefen und durcheinander schrien. Sie versuchte, den Kopf zu wenden, aber etwas hielt sie fest, alles war so weit entfernt, so unglaublich weit. Ein Lichtstachel bohrte sich in ihr rechtes und dann in ihr linkes Auge.

„Können sie mich verstehen?"

Die Frage hing in der Luft, ohne Zusammenhang. Sie versuchte, sich in der Leere ihres Gehirns zurechtzufinden.

„Können sie mich verstehen?"

Was er wohl damit meint?, dachte sie etwas belustigt und dann prasselten die Erinnerungen auf sie ein. Sie schrie auf, als ihr Gehirn sie mit Informationen zu füttern begann und der Schock sich auflöste um den Schmerzen Platz zu machen. Der Arzt sah zu der Unfallstelle hinüber. Dass das Mädchen überhaupt noch lebte, grenzte an ein Wunder. Das Auto, oder was noch davon übrig war, lag rauchend auf der Straße, halb im Graben. Wie sie es geschafft hatte, dort herauszukommen bevor der Wagen in die Luft flog, wusste niemand. Als die Ersthelfer sie fanden, war sie bereits bewusstlos. Sie hatte aufgehört zu schreien, die Schmerzen waren auf ein erträgliches Maß zurückgegangen. Sie zeigten ihr, dass sie noch lebte.

Ein Feuerwehrmann kam zu dem Platz, an dem sie lag. Er kniete sich neben ihr hin, lächelte und gab ihr den kleinen Gegenstand, den er in der Hand hielt. Es war der Gargoyle aus Kunststoff, der immer im Auto gesessen hatte. Seine Schwingen waren etwas angesengt, aber ansonsten war er noch heil geblieben.

„Danke", war das Einzige, das sie flüstern konnte. Der Feuerwehrmann nickte kurz und erhob sich dann, um mit dem Arzt zu reden.

„Es ist ein Wunder, dass sie noch lebt", meinte er zum Notarzt gewandt. Dieser nickte. „Einen Moment dachte ich schon, wir verlieren sie. Was ist mit dem Lastwagenfahrer?"

„Voll bis zum Stehkragen, die haben gerade einen

Alko-Test mit ihm gemacht. Wundert mich, dass sie überhaupt noch Blut gefunden haben. 2,4 Promille, das muss man sich einmal vorstellen und dann setzt er sich in seinen verdammten Truck und fährt unschuldige Leute über den Haufen."

„Nun, so wie es aussieht, wird sie durchkommen. Wer auch immer ihr Schutzengel ist, er hat heute ganze Arbeit geleistet."

Schutzengel. Das Wort begann in ihren Gedanken zu kreisen, irgendetwas war damit, aber was? Unwillkürlich erinnerte sie sich daran, wie ihre Arbeitskollegin lachend gemeint hatte: *Mein Schutzengel müsste jetzt wohl schon wieder aus dem Krankenhaus zurück sein, dann kann ich mein Motorrad ja wieder auspacken.*

Jetzt hörte sie das Geräusch eines näherkommenden Helikopters. Der Arzt kam zu ihr und sah sie an.

„Können sie mich verstehen?"

Sie zwinkerte mit den Augen, die Halskrause, die man ihr angelegt hatte, ließ kein Nicken zu.

„Gut, der Hubschrauber wird Sie ins Krankenhaus bringen, wen sollen wir informieren, wo Sie sind?"

„Mutter", brachte sie mühsam hervor. „Bitte nicht aufregen, ... ist krank."

Der Arzt nickte. „Sagen Sie mir bitte ihren Namen und die Telefonnummer."

Sie schloss kurz die Augen, umklammerte mit der einen Hand die kleine Figur, dann schluckte sie schwer und flüsterte: „Thira Darson, ... Mutter heißt Angela."

179

Nach einer weiteren Pause nannte sie ihm auch die Telefonnummer. Erschöpft schloss sie abermals die Augen. Der Arzt hatte sich die Nummer notiert und wollte schon aufstehen, als sie nochmals sagte: „Nicht aufregen, bitte, ... Mutter sehr krank."

Der Arzt nickte, dann stand er auf, um den Sanitätern aus dem Helikopter Platz zu machen.

I

Thira saß schwer atmend im Bett. Sie wusste, es war wieder dieser grausame Albtraum gewesen. Er verfolgte sie, seit sie aus der Narkose erwacht war. An weiterschlafen würde jetzt nicht mehr zu denken sein. Langsam stand sie auf und ging aus dem Schlafzimmer ins Badezimmer. Das harte Neonlicht über dem Spiegel ließ ihr Gesicht grauenhaft bleich und wächsern aussehen.

„Wie ein Zombie", warf sie ihrem Gegenüber an den Kopf. Kein Wunder, sie schlief schlecht und das nicht erst seit kurzer Zeit. Am Anfang hatte sich immer wieder der Unfall in ihren Träumen wiederholt und dann war die Einsamkeit dazugekommen.

Ihre Familie war entsetzt gewesen, als sie erklärt hatte, sie würde jetzt ihr eigenes Leben leben wollen. Kurz entschlossen war sie von Zuhause ausgezogen, und nach Wien gegangen, wo ihre Firma eine Niederlassung hatte.

Das war lange her.

Ihr Leben verlief mehr oder weniger sehr eintönig. Die einzigen Lichtpunkte waren die regelmäßigen Treffen mit ihren Freundinnen. Ihre Arbeit machte keinen Spaß, aber sie musste Miete zahlen und sie musste essen. Seufzend wandte sie sich von ihrem Spiegelbild ab und ging in die Küche. Draußen war es noch stockdunkel, der Mond war längst untergegangen und die Lichter der Straßenlaternen reichten nicht bis in den sechsten Stock. Sie stellte Kaffee zu und ging durch das Wohnzimmer zur Balkontür. Regen tropfte von den Topfpflanzen und sammelte sich in dünnen Rinnsalen am Boden. Thira fröstelte und ging wieder in die Küche um sich Kaffee zu holen, danach setzte sie sich ins Bett und ging die Unterlagen für die Abteilungsbesprechung durch. Müde rieb sie sich über die Augen, der letzte Arbeitstag und dann, endlich Urlaub. Sie hatte zwar nur eine Woche, aber das war ihr erster Urlaub seit einem Jahr und sie hatte vor, einfach viel Zeit mit schlafen und lesen zu verbringen. Thira öffnete den Ordner und vertiefte sich in die Unterlagen.

Das Wochenende kam und das Wetter klarte auf, ein seltenes Ereignis. Thira ging im warmen Sonnenlicht zum Naschmarkt hinunter. Jeden Samstag war dort Flohmarkt und sie stöberte gerne in alten Büchern herum. Als sie den großen Marktplatz erreichte, herrschte bereits dichtes Gedränge vor den diversen Ständen. Sie schlenderte durch die Menge, sah sich dieses und jenes an und erstarrte plötzlich.

Neben einem Stand, am Ende der ersten Reihe kniete eine mannshohe Steinfigur auf dem Boden. Die Gestalt hatte große, leicht nach vorne gebogene Schwingen, die sich über Schultern und Rücken hinab krümmten. Langes, steinernes Haar wallte über den kantigen Kopf hinunter und ergoss sich zwischen den Schwingen über den Rücken. Die starken, muskulösen

182

Arme stützten sich auf die Fäuste und die blicklosen Augen sahen zugleich verwundert und verärgert aus. Die Lippen waren zurückgezogen und entblößten große, ebenmäßige Zähne, wobei die Eckzähne länger waren und spitz zuliefen, wie bei einem Raubtier.

Thira ging zu dem Stand und begutachtete die Steinfigur aus der Nähe. Kein Zweifel, vor ihr stand ein Gargoyle. Aber es war nicht nur der übliche halbe Körper eines Wasserspeiers, wie man sie auf vielen Kirchen und Kathedralen vorfand, sondern eine komplette Statue. Eine dicke Patina aus jahrzehntealten Schmutz- und Staubablagerungen überzog den ganzen Körper. In den Ecken und Nischen der Figur hatten sich Moose und Flechten angesiedelt und verliehen dem Ganzen einen noch gruseligeren Ausdruck.

Der Mann, der diesen Stand betreute, kam näher. Er war klein und rund, trug eine goldgefasste Nickelbrille und hatte spärliches, weißes Haar. Er sah aus wie ein gemütlicher Märchenonkel.

„Na, gefällt er ihnen?" Seine lustigen Augen sahen sie an.

„Hm, na ja, er ist ein bisschen groß und sperrig", erwiderte Thira langsam. Wenn man zu schnell bekundete, etwas haben zu wollen, konnte das den Preis in die Höhe treiben und sie wollte diesen Gargoyle, soviel stand fest.

„Was wollen Sie denn dafür haben?", fragte sie den Mann.

„Oh, also er ist ein wunderschönes Exemplar und so gut erhalten. Aber weil Sie so ein nettes Mädchen sind, gebe ich ihn Ihnen um 5.000 Schilling."

„5.000?" Thira zog die Augenbrauen hoch und begutachtete nochmals die Figur. Sie strich mit der Hand über die steinerne Schulter. Es fühlte sich rau aber warm unter ihren Fingern an. Der Sonnenschein hatte den Stein erhitzt, sodass man fast glauben konnte, dass er lebte.

„4.000", meinte sie an den Mann gewandt.

Der runzelte die Stirn.

„Hören Sie Fräulein, ich habe noch genügend andere Kunden, die sich für dieses Prachtstück interessieren."

Thira sah ihn an: „Na so ein Prachtstück ist das auch nicht! Unter all dem Dreck kann man ja kaum erkennen, ob die Figur unbeschädigt ist!"

„Ach, das bisschen Dreck hat ihn bestenfalls konserviert", meinte der Verkäufer mit hochgezogenen Schultern. Sie blickten sich stumm an. Er seufzte. „4.700."

„4.500 und sie sorgen für den Transport!", sagte Thira und streckte die Hand aus.

„Aber wie soll ich das denn machen, ich habe doch keine Männer, die mir dabei helfen?" Er wirkte echt verzweifelt. Thira lächelte kühl.

„Wie haben Sie ihn denn hierhergebracht?", wollte sie nun wissen. Er stockte, dann lachte er und zwinkerte ihr zu.

„Mädel, Mädel, also gut, sagen wir 4.600 und mein Sohn bringt ihn heute Abend vorbei, einverstanden?"

„Einverstanden", sagte Thira und schüttelte dem

184

Mann die Hand. „Ich gehe schnell zum Geldautomat und hole das Geld, lassen sie ihn bloß nicht weglaufen."

„Nur keine Sorge", sagte er lachend. „Abgemacht ist abgemacht."

Als Thira mit dem Geld wieder zurückkehrte, war fast alles, was noch auf dem Tisch gelegen hatte, verkauft. Die Steinfigur stand jedoch unangetastet an Ort und Stelle. Der Mann sah sie kommen und ging ihr freudestrahlend entgegen. Thira gab ihm das Geld und er sagte: „Mein Sohn und sein Freund werden gegen sechs Uhr bei Ihnen sein, wenn Sie mir jetzt bitte noch die Adresse geben würden." Nachdem alles geklärt war, verließ Thira den Markt und ging nach Hause.

Pünktlich um sechs Uhr trugen zwei große Männer unter Keuchen und Schnaufen den Gargoyle in ihre Wohnung und platzierten ihn auf dem Balkon. Thira bedankte sich bei den Beiden und gab auch noch ein großzügiges Trinkgeld. Dann war sie allein mit der riesigen Figur, die fast den gesamten Balkon für sich beanspruchte.

Nachdenklich stand sie draußen und betrachtete ihre neueste Errungenschaft, als das Telefon klingelte. Thira ging ins Wohnzimmer und hob den Hörer ab.

„Ja bitte?"

„Thira", flötete Katharina ihr ins Ohr. „Wie geht's dir denn so?"

„Oh, danke gut, was gibt's?"

„Ich wollte fragen, ob du mit in die Stadt gehst,

185

aber du warst nicht zu erreichen. Was hast du denn gemacht?"

„Ich war am Flohmarkt. Wo und wann soll ich denn in der Stadt sein?"

„Ich dachte am Stephansplatz, so gegen acht", antwortete Katharina.

„Gut", meinte Thira. „Dann bis acht!" Damit verabschiedete sie sich von ihrer Freundin und legte auf. Sie sah auf die Uhr, gleich sieben, dann musste die Figur halt noch bis morgen warten.

Thira streckte sich im Bett und genoss die warmen Sonnenstrahlen auf ihrem Gesicht. Es war sehr spät geworden, aber wenigstens hatte sie ohne Albtraum geschlafen. Sie dachte daran, dass sie jetzt im Urlaub war und ein Lächeln glitt über ihr Gesicht. Keine Firma, eine ganze Woche lang, wie schön. Sie stand auf und zog sich an, dann machte sie sich ein kleines Frühstück und ging hinaus auf den Balkon. Mit einem nachdenklichen Blick ließ sie sich auf dem Klappsessel gegenüber der Steinfigur nieder und sah sie an.

„Na du?", fragte sie, ohne eine Antwort zu erwarten. „Hast du auch gut geschlafen?"

Sie lachte leise über sich selbst, stand wieder auf und holte eine Bürste mit harten Borsten aus der Abstellkammer. Vorsichtig begann sie, die Flechten, Moose und den Staub von der Statue zu kehren, als sie zwischen den Schwingen etwa auf Höhe des Halses an einem Gegenstand hängen blieb. Unter der Bürste begann etwas zu glitzern. Thira strich mit den Fingern

186

über den Schmutz und kratzte mit dem Fingernagel darüber. Ja, da war etwas Silbernes darunter. Sie holte einen feuchten Lappen und legte das silberne Halsband Stück für Stück frei. Bald glänzte das Schmuckstück in der Sonne. Es sah so aus, als wäre es dem Gargoyle vor sehr langer Zeit umgelegt worden, denn es war in einer dicken Schicht an Ablagerungen eingebettet. Thira beugte sich vor und betrachtete das Halsband genauer; es sah aus, als hätte es überhaupt keinen Verschluss. Aber irgendwo musste schließlich ein Riegel oder Schnapper sein, so ein Halsband konnte man doch nicht einfach überstreifen? Sie fuhr mit dem Finger unter das Metall und stellte fest, dass es relativ eng saß. Thira kniete sich vor die Figur. Die steinernen Zähne waren jetzt direkt vor ihr und die Augen sahen sie vorwurfsvoll an.

„Ist ja gut, ich tu' dir schon nichts", murmelte sie geistesabwesend, während ihre schlanken Finger tastend über das Band glitten. Das Silber war sorgfältig gehämmert und gebogen worden, keine Kanten oder Rillen waren erkennbar. Doch als sie mit dem Finger den oberen Rand entlang glitt, ertastete sie weiter drinnen einen feinen Stift. Sie stand auf, um sich das aus der Nähe anzusehen. Ja, tatsächlich, da war ein Stift. Mit dem Fingernagel zog sie vorsichtig daran und auf einmal fiel das Halsband klirrend zu Boden.

Thira bückte sich und hob es auf. Es glitzerte und glänzte im Sonnenlicht, blieb jedoch eiskalt. Die eingearbeiteten Runen schienen sich zu bewegen, als sie es vorsichtig drehte, um es genauer betrachten zu können. Ein kalter Schauer lief über ihren Rücken hinab. Sie klickte den Verschluss wieder zusammen und trug das Band hinein, wo sie es in eine Schublade unter ihrer Vitrine fallen ließ. Dann kehrte sie zurück. Die Figur wirkte seltsam nackt ohne das Halsband.

Um genau zu sein, dachte sie. *Diese Figur ist nackt!*

Es war zumindest kein Kleidungsstück zu sehen, jedoch konnte sie auch nicht sicher sein, da er so zusammengekauert war, dass man sowieso nichts erkennen konnte. Sie griff wieder nach der Bürste und befreite die Figur auch noch vom restlichen Schmutz. Schließlich richtete sie sich auf, drückte ihren Rücken durch, der schon wieder schmerzte und betrachtete ihr Werk. Wer immer der Bildhauer gewesen war, hatte ganze Arbeit geleistet. Die Gesichtszüge waren fein herausgearbeitet und sie glaubte sogar ein wenig Schmerz in den überraschten Augen zu erkennen. Die Haare sahen aus, als wären sie mitten in der Bewegung erstarrt und die Muskeln an Armen und Beinen erweckten den Eindruck, dass der Gargoyle zum Sprung ansetzte. Thira grübelte, was den Künstler wohl zu dieser Statue inspiriert haben konnte. Und wo hatte er gestanden? Als Wasserspeier war dieser Gargoyle offensichtlich nicht gedacht. Eine Weile stand sie noch da und überlegte, dann zuckte sie mit den Schultern und ging wieder in die Wohnung um sich an ihren Computer zu setzen.

Die Sonne war bereits hinter dem Horizont verschwunden und färbte den Himmel in Schattierungen von Scharlachrot bis hellorange, als Thira ein lautes Krachen vom Balkon hörte. Sie lief hinaus und blieb wie angewurzelt stehen.

„Oh my Gosh!", entfuhr es ihr.

Die Steinfigur war verschwunden, an ihrer Stelle stand ein riesiger und ziemlich lebendiger Gargoyle, der sie aus trüben Augen anblickte. Thira starrte mit offenem Mund auf dieses Wesen, dann fiel ihr Blick auf den Boden, der mit Steinen und Trümmern übersät war.

„Was ist denn hier passiert?", fragte sie und sah ihn anklagend an. Sie war so erschrocken, dass sie abwechselnd englisch und deutsch sprach. Der Gargoyle jedoch blickte sie nur verständnislos an, dann verdrehte er die Augen und fiel mit einem ohrenbetäubenden Krachen direkt vor ihre Füße, wo er leblos liegen blieb.

Thira war erschrocken zurückgewichen, doch jetzt kam sie vorsichtig näher und beugte sich über ihn. Er lag halb auf dem Bauch, die großen Schwingen bedeckten fast den ganzen Boden. Vorsichtig hielt sie ihm einen Finger an den Hals und konnte seinen kräftigen Puls fühlen. Er schlief also nur. Stirnrunzelnd richtete sie sich auf. Was sollte sie nur mit ihm machen, was, wenn er das nächste Mal aufwachte und wild um sich schlug? Einem Kerl dieser Größe konnte sie nichts entgegensetzen. Schließlich siegte die Vernunft, er war ganz offensichtlich viel zu schwach, um irgendetwas zu tun, geschweige denn, sie anzugreifen.

Sie stand auf und holte zwei Decken und ihre Jacke aus der Wohnung. Auf dem Weg hinaus nahm sie auch noch ein Kissen von der Couch mit. Die beiden Decken breitete sie über seinem Körper aus, nachdem sie versucht hatte so viele Steine wie möglich unter ihm hervorzuziehen. Schließlich hob sie seinen Kopf hoch und bettete ihn auf das Kissen. Thira zog ihre warme Jacke an und ließ sich auf dem Klappsessel nieder.

Im Licht der untergehenden Sonne beobachtete sie, wie sich seine Schultern im Takt seines Atems langsam hoben und senkten. Er hatte eine dunkle, leicht oliv-braune Hautfarbe und sehr dunkles Haar. Die großen Schwingen, die unter den Decken hervorstanden, hatten an der Oberseite die Farbe seiner Haut, waren jedoch an der Unterseite samtig braun.

Jede Sage fußt auf einem Körnchen Wahrheit, dachte sie, als sie ihn betrachtete. Wie lange mochte er wohl aus Stein bestanden haben? Vielleicht hatten ihn die Menschen damals gefürchtet und deshalb seine steinernen Kollegen gebaut, die auf zahlreichen alten Gebäuden saßen und das Wasser vom Dach ableiteten. Sie hoffte stark, dass er sich soweit erholte, um ihr davon berichten zu können.

In diese Überlegungen versunken schlief sie ein.

Thira erwachte durch ein leises Geräusch, die Nacht um sie herum war dem Morgen gewichen und die ersten schwachen Sonnenstrahlen bahnten sich einen Weg zu ihr. Sie hörte ein Stöhnen und als sie zu der

Gestalt am Boden sah, hatte sich diese zu einem Ball zusammengerollt. Erschrocken registrierte sie, dass die mächtigen Schwingen sich langsam zurückzogen, die Ursache für das Stöhnen. Er hatte ganz offensichtlich Schmerzen. Seine Hautfarbe veränderte sich, wurde heller, das scharfkantige Gesicht wurde sanfter und die langen Klauen an seinen Fingern wichen normalen Fingernägeln. Langsam streckte sich die Gestalt am Boden wieder aus, doch jetzt war er einfach ein Mann und kein Wesen aus Sagen und Legenden mehr. Thira war in die Küche gelaufen und hatte sich ein Messer geholt, jetzt kam sie sich komisch dabei vor und ging langsam wieder zum Klappsessel zurück. Angespannt setzte sie sich hin und beobachtete den Mann, der da vor ihr auf dem Boden lag.

Torin öffnete langsam die Augen und nahm verschwommen wahr, dass die Sonne schien. Ihm war heiß obwohl die Strahlen auf seinem Gesicht noch keine Kraft besaßen. Er zwinkerte, um wieder etwas sehen zu können. Seine Augen wanderten weiter und er konnte Einzelheiten erkennen, mit denen er jedoch nichts anzufangen wusste. Schließlich sah er ein paar Füße, die in blauen Hosenbeinen steckten. Sein Blick wanderte weiter hinauf und er registrierte erstaunt, dass ein Mädchen auf ihn herabblickte. Sie saß auf einem Sessel und hatte die Ellbogen auf die Knie gestützt. Ihr schmales, herzförmiges Gesicht ruhte auf den Händen. Sie sah ihn ruhig aus blauen Augen an. Er drehte sich langsam und verzog das Gesicht, etwas

Spitzes, Hartes grub sich schmerzhaft in seine Hüfte. Vorsichtig setzte er sich auf und raffte im letzten Moment die Decken um sich, als ihm auffiel, dass er nichts anhatte.

Thira beobachtete ihn, als er sich aufsetzte und dann schnell die Decke zurecht zog, eine leichte Röte begann sich vom Hals aufwärts auszubreiten und unwillkürlich musste sie lächeln.

„Willkommen", sagte sie sanft, um ihn nicht zu erschrecken. Er sah sie verwirrt an, antwortete aber nicht.

Thira versuchte es auf Englisch: „Welcome!" Sie sah ihn fragend an. Seine dunkelgrünen Augen ruhten auf ihr und sie registrierte, dass sie mit goldfarbenen Sprenkeln versehen waren.

„Where am I?", brachte er schließlich nach mehreren erfolglosen Versuchen heraus.

„Vienna, Austria", erklärte sie ihm.